독서를 하는 부모는
무엇이 다른가?

4차 산업혁명 시대를
살아가는 힘

4차 산업혁명 시대를 살아가는 힘

초판인쇄	2020년 8월 06일
초판발행	2020년 8월 12일
지은이	김애란
발행인	조현수
펴낸곳	도서출판 프로방스
마케팅	최관호
IT 마케팅	조용재
디자인 디렉터	오종국 Design CREO
ADD	경기도 고양시 일산동구 백석2동 1301-2
	넥스빌오피스텔 704호
전화	031-925-5366~7
팩스	031-925-5368
이메일	provence70@naver.com
등록번호	제2016-000126호
등록	2016년 06월 23일
ISBN	979-11-6480-069-8 03810

정가 15,000원

독서를 하는 부모는
무엇이 다른가?

4차 산업혁명 시대를
살아가는 힘

김애란 지음

P. 프로방스

"1년 후 변화하고 성장해 있는 자신과 자녀를 맞이하기를 희망한다"

찬바람이 살랑살랑 기분 좋게 불던 작년 가을 아침이었다.

커피 한 잔과 함께 라디오 노랫소리를 들으며 흥얼거리고 있는데 한 통의 전화가 걸려왔다.

고등학교 2학년이었던 큰아들의 담임선생님이었다.

"어머니, 아이가 아직 학교에 안 왔어요."

"어, 그럴 리가요. 오늘 제때에 나갔는데요."

조금 더 기다려보겠다는 선생님의 말을 뒤로 한 채, 아이에게 얼른 전화를 했다.

당연히, 아이는 전화를 받지 않았다.

지각을 하더라도 학교를 빠지는 아이는 아니었던지라 적잖이 충격이 되었다.

고1이 되어 뒤늦게 찾아온 큰아들의 사춘기는 제법 오래 갔다.

수십 통의 전화와 문자 끝에 아이와 연락이 닿았다. 약속 장소에서 만난 아이는 부모에 대한 원망과 설움이 가득했다. 아이의 복받친 감정을 어르고 달랜 뒤에 간신히 학교에 보냈다.

얼마나 힘들었을까, 얼마나 아팠을까 하는 마음에 오는 내내 울음을 삼켜야 했다.

시간이 지날수록 아이와의 보이지 않는 갈등의 골은 점점 깊어만 갔다. 그래도 잘 지나갈 거라 생각했는데...

이 아이를 어떻게 키워야 하나? 하는 물음이 머릿속에서 떠나지 않았다.

10여 년 전 우연히 제목에 이끌려 읽었던 〈꿈꾸는 다락방〉은 1년에 두세 권의 책만 읽던 나를 깊고 넓은 독서의 바다로 안내했다. 시어머니를 모시고 살면서 아들 둘을 키우는 워킹맘이라 바쁜 시기였지만 꾸준한 독서를 통해 개인적으로 많은 성장을 할 수 있었고 긍정적인 마인드와 넓은 이해심을 가질 수 있었다.

그렇게 독서가 생활의 일부가 되어갈 무렵 일종의 자만심이 생겠다.

교육 관련 쪽 일을 꾸준히 해오고 있는 데다가 육아와 교육책을 많이 읽었던 터라 내 아이들을 잘 안다는 자만심 말이다.

'아이와 공부문제로 힘겨루기를 할 때 책 속 독서 하는 엄마들의 자녀들은 대부분 영재이거나 소위 말하는 좋은 대학에 진학했다고 하는데 왜 나는 아이를 이렇게 못 키울까?

나도 독서 하는 엄마인데, 아이를 잘 키우려고 책도 많이 읽고 애들이랑 도서관도 자주 갔잖아. 한 번도 부부싸움도 한 적 없고 가족 여행도 자주 갔는데...

왜 내 아이만 이러는 걸까?'

이런 생각 자체가 아이를 이해하는 마음보다 아이에게 잘못을 돌리고 나의 독서 생활과 양육 행동에 정당성을 부여하기에 바쁜 이기적인 내 마음을 단적으로 보여준다고 볼 수 있다.

실제로 그동안 이렇게 어리석은 생각을 해 왔었다.

아들의 사춘기는 나의 잘못된 생각을 강하게 깨우쳐 주는 계기가 되었다.

결론은 아이가 문제가 아니었다.

그러던 어느 날, TV에서 4차 산업혁명을 집중적으로 설명하는 프로그램을 보게 되었고, 비슷한 시기에 '포노사피엔스'라는 말을 알게 해준 최재붕 교수님의 책과 강연 동영상을 보면서 뒤늦게 4차 산업혁명에 관한 궁금증이 일기 시작했다. 마침 정부에서는 대통령 직속 4차 산업혁명 위원회를 만들어 4차 산업혁명의 과학기술을 발전시키겠다고 발표한 상황이었다.

그 날로 부지런히 4차 산업혁명에 관한 책을 읽기 시작했다. 그러다 보니 연관되는 단어가 미래의 일자리, 미래의 교육이었다. 10년 후, 빠르면 5년 후 현재 직업은 상당 부분 사라지고 새로운 직업들이 그 자리를 채운다고 한다. 이렇게 빠르게 변하는 사회에 적응하고 대비하려면 학교의 교육도 달라져야 한다는 건 누구나 알고 있을 것이다. 하지만 지금의 학교 교육은 제도만 여러 번 바뀌었을 뿐이지 20여 년 전 학교의 모습과 별반 다를 게 없는 것 같았다. 여전히 학생 개개인이 가진 고유의 재능을 찾아주고 키워주기보다 아직도 주요과목 위주의 수업으로 이뤄지는 학교.

현 상태에서 학교의 변화가 더딜 수밖에 없는 이유이다.

4차 산업혁명과 나아가 미래의 일자리, 미래의 교육에 관한 책들을 접하며 알게 된 몇 가지 사실 중 하나는 새로운 직업 가운데 70%가 아직 나타나지 않았다는 것이다. 다르게 보면 좋아하는 일로 새로운 직업을 만들 수도 있고, 돈도 벌 수 있는 시대라는 얘기다.

상담 선생님의 조언과 조금씩 마음의 문을 여는 아이를 보며 깨달았다.

그동안의 난 모범생 프레임에 내 아이를 가둬두려 했다는 것을.

시대가 한참 변했는데도 부모인 나는 옛날 우리네 방식으로 아이를 키웠고, 아이가 원하는 꿈이 있어도 공부가 우선이라 여겼던 과거를 그대로 답습하는 실수를 범한 것이다.

나도 영락없이 20세기 교육을 하고 있는 엄마였다는 것을 너무 늦게 알아버렸다.

아이를 있는 그대로 인정하지 않고 원하는 것도 묻지 않은 채 오로지 성적으로만 평가했던 것이다. 아이의 관심사는 수학이 아니라 다른 분야인데. 그 분야로 나가려면 우선은 공부라며 기승전 높은 성적만을 요구했으니 아이는 더욱더 공부에 흥미를 잃고 방황할 수밖에.

다행히도 이 시기에 읽은 책들로 아이의 사춘기와 맞물려 아이 입장에서 새로운 미래를 생각할 수 있었다.

4차 산업혁명이란 새로운 분야로의 독서를 하지 않았다면 아이를 이해하기까지 더 오랜 시간이 걸렸을지 모른다.

세계의 미래 교육은 학벌 위주가 아닌 개인의 능력과 재능을 더 중요시하는 교육으로 바뀌고 있으며, 또 그렇게 바뀌어야만 한다. 그러려면 학교 교육의 문제점만 탓하기보다 가정에서 부모가 먼저 의식의 변화를 가져야 하는 것이다.

모든 것을 다 알아서 해주는 스마트 시티를 살아갈 4차 산업혁명 시대의 인재에게 아이러니하게도 스스로 생각하는 힘이 가장 중요하다고 한다.

독서는 스스로 생각하는 힘과 의식의 변화 및 확장을 해주는데 최고의 도구이다.

그 유명한 빌 게이츠나 워렌 버핏, 스티브 잡스가 공통적으로 독서의 중요성을 강조하는 데는 이러한 이유가 있기 때문이다.

주변에는 4차 산업혁명이 생활을 편리하게 해준다고 그저 좋은 시대에 살고 있다고만 생각하는 부모들이 많이 있다. 빠르게 변화하는 미래를 아무 대책 없이 수동적으로 받아들이기만 할 것인가? 부모로서 내 아이가 어떠한 미래를 맞이하기를 바라는가?

지금 아들은 전보다 훨씬 편안한 마음 상태로 자신이 원하는 꿈을 향해 조금씩 나아가고 있다. 그렇다고 공부를 안 하던 아이가 하루아침에 공부를 해서 영재가 되었다는 이야기는 절대 아니다. 아이는 여전히 공부와는 담을 쌓고 있지만, 자신의 목표와 꿈을 명확하게 갖고 있고 아주 조금씩 행동에 변화를 보이고 있다.

부모인 나 역시 아이를 있는 그대로 인정하고 변치 않는 믿음과 사랑을 주는 연습을 하고 있다. 아이의 사춘기가 뒤늦게나마 부모교육을 시켜준 셈이다.

어쩌면 아이는 변하지 않고 그대로였을지 모른다. 부모의 달라진 생각이 아이를 바라보는 눈을 다르게 만든 건 아닐까?

4차 산업혁명 시대의 우리 아이들은 공부라는 틀에서 벗어나 자신이 잘하는 것에 집중하면 무엇이든 할 수 있는 그런 새로운 세상에 살고 있다. 내 아이가 어떤 새로운 직업을 갖게 될지 기대되는 이유이기도 하다.

이 책은 새로운 미래를 대비하기 위해서, 미래를 살아갈 나와 내 자녀를 위해서 부모독서의 중요성을 강조하고 있다.

부모가 먼저 4차 산업혁명 시대를 알아야 하고 부모독서를 해야 하는지 그 이유를 책을 통해 알게 된다면 감사할 일이다.

　그리고 사춘기 아이를 겪으며 느꼈던 감정과 부모로서의 반성을 고스란히 담아낸 성장일기이기도 하다. 부끄럽지만 이러한 나의 수많은 시행착오를 통해 자녀를 키우는 데 도움이 되었으면 하는 바람에 부족하지만 책을 펴게 되었다.

　자녀는 엄마 혼자가 아닌 부부가 함께 키우는 소중한 일이다. 서로 책을 읽고 의논하며 교육관이나 삶의 철학을 맞추는 것이 자녀를 키우는 데 무엇보다 중요하다는 것을 누구보다 잘 알고 있기에 부모 모두 독서의 삶을 즐겼으면 한다.

　부디 부모독서로 1년 후 변화하고 성장해 있는 자신과 자녀를 마주하고, 보다 밝은 미래를 맞이하기를 희망한다.

2020년 여름

저자 **김 애 란**

Contents | **차례**

이 책은 새로운 미래를
대비하기 위해서, 미래를 살아갈
나와 내 자녀를 위해서 부모독서의
중요성을 강조하고 있다.

"엄마, 아빠는 지금 무슨 책 읽어요?"

P A R T

01

제1장

4차 산업혁명 시대,
부모독서가 필요한 이유

독서를 하는 부모는
끝이 없는 내면적인 성장을
경험하게 된다.
책 한 권이 인생을 바꾼다는 말은
틀린 말이 아닌 것이다.

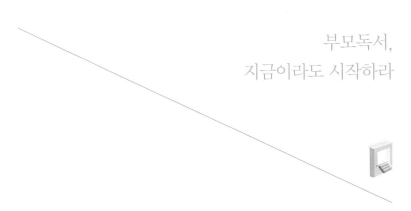

부모독서,
지금이라도 시작하라

부모들이 자녀에게 그토록 독서를 권하는 이유
는 무엇일까?

어린 시절 몸에 익은 독서습관이 평생 간다는 것을 부모들은 삶 속
에서 직접 혹은 간접적인 경험을 통해 충분히 깨달아서일 것이다.
게다가 독서가 자녀의 미래에 큰 영향을 미친다는 것 또한 잘 알기
때문이다.

실제로 독서는 삶의 모든 면에 영향을 준다고 볼 수 있다.

특히 아이가 어릴 때 책 읽는 습관을 갖게 되면 다양한 배경지식과
정보를 습득하는 것은 물론 창의적이고 논리적인 사고를 키울 수 있
다. 그리고 문장에 대한 이해력을 높여줄 뿐만 아니라, 어휘력의 증
가로 표현력이 풍부해짐으로써 글쓰기 능력을 향상시킨다.

무엇보다 독서는 아이의 인성에 긍정적인 영향을 준다. 이런 독서의 힘을 알기에 부모는 자녀를 위해 아낌없이 책을 구입하고, 독서를 많이 하게 도와주는 일련의 프로그램들이 있다면 적지 않은 돈임에도 기꺼이 투자한다.

그런데 어느 날 갑자기 아이가 이런 질문을 한다.

"엄마, 아빠는 지금 무슨 책 읽어요?"

이때 당신은 망설이지 않고 바로 대답할 수 있는가?

집안을 한 번 둘러보자. 자녀를 위한 책이 아닌 엄마, 아빠가 읽는 책은 몇 권이나 있는지.

사회학자이자 문화학자인 엄기호는 한 인터뷰에서 "가장 좋은 서재는 아이가 읽는 책과 부모가 읽는 책, 조부가 읽는 책이 함께 있는 서재"라고 한 바 있다.

책장에 자녀의 책만 가득 꽂혀 있는 환경이 아닌 부모의 책이 함께 어우러져 있는 환경에 노출된 자녀는 그렇지 않을 때보다 부모의 가치관과 철학, 독서습관에 영향을 받기 쉽다.

하지만 무엇보다도 최고의 가르침은 말을 하지 않아도 부모가 독서 하는 모습을 꾸준히 보여주는 것이다. 이를 통해 자녀의 독서의 깊이와 폭은 시간이 지날수록 한층 넓어진다.

2017년 문화체육관광부에서 발표한 자료를 보면, 19세 이상 성인들의 1년 독서량이 평균 8.3권으로 나타났다. 여기서 흥미로운 점은 초등학생의 독서량이 1년 28.6권으로 가장 높았는데 중학생, 고등학생으로 갈수록 급격히 떨어진다는 것이다.

그렇다면 다른 나라의 독서량은 어떤지 살펴보자.

OECD 조사에 따르면 미국 국민은 한 달에 6.6권, 일본은 6.1권, 프랑스 5.9권, 중국은 2.6권으로 나타났다. 우리나라는 1.3권으로 OECD 가입국 중 최하위에 속했다.

3년이 지난 지금은 나아졌을까? 안타깝게도 그렇지 않다.

최근 한 포털사이트에서 독서량을 조사한 결과 성인의 독서량은 한 달에 1권이었으며 그중 71%가 독서량의 부족을 느낀다고 한다. 독서량이 부족하다는 것을 느끼면서도 책을 읽지 못하는 이유에 대해서는 책 읽는 습관과 시간 부족을 가장 많이 꼽았다.

대부분의 어린 자녀를 키우는 부모도 마찬가지일 것이다. 요즘에는 맞벌이 부부가 많아 부부 모두 직장을 다니면서 집안일도 해야 하고 집 안팎의 대소사를 챙겨야 한다. 그뿐만이 아니다. 가장 중요한 육아를 해야 한다.

책 읽는 습관을 키우기는커녕 책 한 장조차 읽는 시간이 없을 정도다.

하지만 똑같이 바쁜 이 상황에서도 책을 읽는 이들은 존재한다. 그렇다면 그들은 언제, 어떻게 책을 읽을까? 이 부분에 관해서는 뒷장에서 좀 더 자세히 다루겠다.

그리고 어떤 이는 말한다. 우리가 사는 세상은 4차 산업혁명 시대인데 미래에는 지금보다 더 인공지능에 의존할 것이고, 모든 정보와 지식은 인터넷에서 다 알려주니 굳이 책을 읽지 않아도 된다고 말이다.

그렇다. 지금은 4차 산업혁명 시대이다.

우리가 사용하는 많은 물건에는 발달 된 인공지능 기술이 들어가 있고, 3D프린터로 집에서도 간단한 물건들을 만들 수 있다. 가상현실과 증강현실 기술이 발달하여 이를 이용한 게임이 유행하고 있으며, 사물인터넷은 우리의 삶을 더욱더 스마트하게 바꿔주고 있다.

우리나라는 스마트폰 보급률 1위의 국가답게 아이부터 어른까지 대부분의 사람들이 손쉽게 스마트폰으로 인터넷을 접속하여 원하는 정보를 얻는다.

얼마 전 아들들에게 도움이 될 것 같은 책 몇 권을 슬그머니 읽어보라고 내밀었다.

뒤적뒤적 앞뒤 몇 부분을 읽던 큰 아이가 피식 웃으며 "엄마, 저 여기 있는 거 다 아는 내용이에요. 그거 인터넷이나 유튜브 찾아보면 자세하게 다 나와 있어요."라고 말하는 것이다.

물론 인터넷에 모든 정보가 다 들어있을 수 있다. 하지만 말 그대로 원하는 정보만 얻기 때문에 체계적인 지식이 될 수 없다.

반면 독서는 깊이 있고 확장된 지식을 제공한다.

아무래도 인터넷의 정보는 요약되거나 필요한 정보만 잘라서 제공하는 경우가 많아서 깊이 있는 내용을 보여주기에는 한계가 있다. 그렇지만 책은 지은 사람의 지식과 경험의 산물이다. 전체적인 주제를 일목요연하게 구체적으로 전달하기 때문에 정확하게 내용을 이해할 수 있다.

특히 한 분야에 대해 깊게 알고 싶을 경우 그 분야의 전문가들이 펴낸 책을 골고루 읽으면 그들의 지식을 비교하고 습득하는 과정에서 자신만의 생각이 더해져 심도 있는 지식이 가능하다.

가장 중요한 것은 정보의 신뢰성이다. 인터넷에는 출처가 불명확하고 검증되지 않은 정보들도 많은데 이를 가려내기란 쉽지 않다.

책은 출처가 분명한 저자가 있고, 과학적인 연구사례로 정보에 대한 신뢰를 높여준다.

오히려 책을 읽음으로써 좋은 지식이나 정보를 가려낼 수 있는 분별력이 생기게 된다.

그리고 독서를 하면 스스로 생각하는 힘을 키울 수 있다.

많은 미래 학자들이 4차 산업혁명 시대의 인재에게 가장 필요로 하는 것은 '스스로 생각하는 힘'이라고 한다.

책을 읽는 것은 긴 글을 함께 호흡하는 것이다.

그 과정에서 집중력은 자연스레 높아지고 이야기에 따라 마음껏 상상하면서 창의력도 덩달아 높아진다. 또한 배경지식이 쌓이면서 사고의 수준이 한 단계 업그레이드되어 비판적인 사고가 가능하게 된다. 이러한 과정을 반복하게 되면 스스로 생각하는 힘은 저절로 생기기 마련이다.

현재 4차 산업혁명 시대의 주축이 되는 세대는 바로 우리, 부모들이다.

그리고 지금 우리가 누리고 있는 모든 것들은 과거부터 이루어진 생각의 결과물들이다.

자녀들의 미래는 어찌 보면 부모들의 생각의 흐름에 따라 달라진다고 해도 과언이 아닐 것이다. 자녀에게 더 좋은 미래를 선사하기 위해서는 4차 산업혁명에 대해 자세히 알고 이를 대비하는 차원에서 부모가 먼저 하루라도 빨리 책을 읽어야 한다.

지금 바로 일어나 책장에 내가 읽을 책이 있는지 확인해 보자.

"책을 읽는다고 다 성공하진 않지만, 성공한 사람들은 모두 책을 읽었다."는 말이 있듯이 지금부터라도 독서에 정진하는 부모가 되어 보자.

책은 급변하는 4차 산업혁명 시대의 답답하고 불안한 마음을 달래 주고, 미래를 밝혀줄 등불이 되어줄 것이다.

4차 산업혁명 시대는
현재 진행 중

아침에 눈을 뜨면 손이 자연스레 스마트폰으로 간다. 밤새 세상은 안녕했는지 새로운 정보들을 한 번씩 쭉 체크한다. 그 뒤 잠자리에서 일어나 AI 스피커에게 상냥하게 말을 건다.

"아침에 어울리는 음악 좀 켜 줘~" 친절하게도 AI 스피커는 곧 상쾌한 음악을 골라 들려준다. 노트북을 켜서 자주 애용하는 사이트에 접속했더니 어제 검색했던 여행지에 대한 정보가 광고에 지속적으로 등장한다. 작업을 마치고 나선 클라우드에 파일을 저장했다.

외출을 하려고 나왔는데 깜빡 잊고 가스 밸브를 잠그지 않은 게 생각났다. 스마트폰으로 원격조정을 통해 밸브를 잠갔다. 차를 타고 목적지를 네비게이션에 입력하니 실제 도로 위에 가고자 하는 길이 표시되어 전보다 더 정확하고 편리하게 이용할 수 있었다.

오후가 되어 학교에서 돌아온 아들이 무언가를 들고 왔다. 특별활동 시간에 3D프린터로 열쇠고리를 만들었다고 한다. 3D프린터는 활용도가 높아 최근에는 의료, 건축 등 대부분의 분야에 사용된다고 하니 머지않아 일반 프린터처럼 각 가정에서 사용되는 모습을 상상해 보았다.

저녁 메뉴로 무엇을 할까 고민하던 차에 냉장고에 장착된 인공지능이 냉장고 안에 있는 내용물로 손쉽게 만들 수 있는 요리를 알려준다. 뉴스에서는 아이언맨처럼 입는 로봇이 개발되어 군사용으로 보급되고, 질병이나 장애로 움직이지 못하는 사람을 위해 의료용으로도 사용될 수 있다는 소식이 들려왔다.

위의 글을 보고 낯익은 풍경이라 생각하지 않았는가? 바로 지금 우리의 일상 속 모습이다. 이 안에 4차 산업혁명의 핵심기술이 거의 다 들어있다고 해도 과언이 아니다. 4차 산업혁명이라 하면 먼 미래의 이야기 같지만 이렇듯 벌써 우리의 생활 속에 깊숙이 자리하고 있다. 우리 아이들만이 커서 누리게 되는 머나먼 미래의 시대가 아닌 것이다.

지금, 이 순간에도 세상은 이미 4차 산업혁명이 빠르게 진행 중이고 하루가 다르게 발전하고 있다.

그럼 도대체 무엇을 4차 산업혁명이라고 일컫는 것일까?

우선 4차 산업혁명을 알기 전에 이전의 산업혁명을 살펴보면 좀 더 쉽게 이해할 수 있을 것이다.

산업혁명이라는 말은 기술적인 혁신으로 사회 경제적 변화가 크게 나타난 시기를 뜻한다.

과거에 산업혁명이라 이르는 시기는 총 세 번이 있었는데 각각을 1차, 2차, 3차 산업혁명이라 부른다.

1차 산업혁명은 한마디로 하면 증기기관의 발달과 기계화이다.

18세기 영국에서 시작된 이 혁명은 농업 중심의 사회에서 공장의 기계화로 바뀌며 물건의 생산성이 전보다 2~3배 이상 높아졌다. 즉 석탄을 이용한 증기기관의 발달이 사람에서 기계로 생산방식을 옮기는 결과를 가져온 것이다.

사람의 노동력 대신 기계가 일을 하기 시작하자 공장에서 일을 하는 노동자가 늘어났다.

이로 인해 공장이 많이 세워진 곳을 중심으로 사람들이 모여들기 시작했다.

2차 산업혁명을 말할 때는 석유가 빠질 수 없다. 석유의 사용으로 이 시기에 자동차산업과 제조업이 폭발적으로 발전했을 뿐 아니라 다른 여러 산업에 영향을 미치게 되었다. 또한 컨베이어 시스템을 기반으로 대량생산체제가 완성되었다.

그리고 가장 중요한 한 가지. 바로 전기의 보급이다. 전기는 지금도 없어서는 안 될 중요한 자원으로 공장의 자동화가 확대되었으며 이를 이용한 다양한 발명품들이 쏟아져 나왔다.

3차 산업혁명은 정보화 혁명이라고도 한다. 반도체기술과 컴퓨터, 인터넷의 급속한 발달로 20세기 후반부터는 IT 기업의 강세가 뚜렷해졌다. 게다가 신재생 에너지의 개발이 활성화되었다.

〈3차 산업혁명〉의 저자이자 영향력 있는 경제학자인 제러미 러프킨은 재생 에너지와 인터넷을 통한 커뮤니케이션이 3차 산업혁명을 이끈다고 언급했다. 석유를 통한 경쟁 시대가 아닌 태양, 바람, 물 등의 재생 에너지를 활용한 협업의 시대, SNS로 커뮤니케이션이 활발해짐으로써 전통적인 계급조직이 아닌 수평적 권력으로 재조정된다고 말이다.

이제 4차 산업혁명에 대해 이야기해보자.

4차 산업혁명은 사이버 시스템과 물리적 시스템을 융합한 산업혁명이라 일컬을 수 있다.

2016년 1월 스위스에서 열린 다보스포럼에서 클라우드 슈밥이 처음 이 용어를 언급했으며, 3차 산업혁명인 디지털 혁명에 기반하여 발달 물리적 공간과 디지털 공간의 경계가 모호해지는 기술융합의 시대라고 정의하였다.

그 출발은 '인더스트리 4.0'이란 이름으로 독일에서 정보통신

(ICT)과 제조업이 융합된 새로운 기술로 제품을 생산하는 데서 시작되었다.

이제는 사물이 지능화되는 시대이다.

4차 산업혁명에서 새로운 기술이 등장하면 예전과는 비교할 수 없을 정도로 빠르게 퍼지기 때문에 생산성의 향상과 함께 일자리의 변화가 눈에 띄게 나타난다. 이제 우리에게 사물인터넷, 가상현실, 증강현실, 인공지능, 로봇 등의 말은 낯설지 않게 되었다.

그렇다면 우리는 왜 4차 산업혁명 시대를 대비해야 할까?

사실 각각의 혁명을 겪으면서 좋은 점만 있었던 것은 아니다. 새로운 직업이 생겨남으로써 발생되는 기존의 직업과의 충돌은 피할 수 없었다. 하나의 산업혁명이 시작되는 시기에는 많은 노동자들이 일자리를 잃어 새로운 산업을 거부하지만 결국에는 시대가 요구하는 쪽으로 흘러가게 되고 기존에는 없던 신생 일자리가 창출하게 된다.

그리고 4차 산업혁명 시대를 두고 어떤 이는 체감이 없을 정도로 아직 미미한 수준이라 하기도 한다. 굳이 대비하지 않아도 흘러가는 대로 두면 다 적응하며 지낸다고 말이다.

이에 대한 판단은 각자의 몫이다. 물론 우리가 3차 산업혁명이라고 느끼지도 못하는 사이에 3차 산업혁명 시대가 지나간 것처럼 4차 산업혁명도 그렇게 맞이할 확률이 높다.

하지만 4차 산업혁명은 이전의 시대와 다른 점이 많다. 우선 변화의 속도에 차이가 있고, 생각하지도 못한 기술과 아이디어로 새로운 플랫폼이 자리 잡으며 일자리의 변화가 지속될 예정이다. 일자리의 변화는 미래 자녀들의 진로, 직업과 긴밀하게 연관되어 있다.

그러므로 보다 현명한 부모라면 4차 산업혁명 시대를 대비할 필요가 있다.

이 시대는 우리 부모의 남은 인생과 더불어 자녀들이 적응하고 사회구성원의 주축으로서 삶을 살아갈 시대이다.

부모로서 다가올 미래를 자녀와 함께 연구하고 준비하는 자세를 보여준다면 자녀에게는 확실히 든든한 지원군이 될 수 있을 것이다.

미래를 대비하고 준비한다는 것은 시대의 흐름을 읽고 그에 맞는 사고와 가치관을 가짐으로써 자녀를 변화된 교육관으로 양육하는 것을 뜻한다.

시대의 흐름을 정확히 읽어내는 데는 독서만 한 것이 없다.

물론 인터넷이나 동영상으로 수많은 정보와 지식을 얻는 것도 하나의 방법이다.

그런데 이스라엘 과학자 타미 카치르의 연구에서 다음과 같은 사실을 발견했다.

동일한 이야기를 접할 경우 디지털을 이용할 때와 인쇄물을 이용할 때를 비교해 보니 내용을 이해하는 데는 인쇄물이 더 나았다고 한다.

종이로 된 책을 읽을 때 디지털 매체를 이용할 때보다 스스로 생각하는 시간을 많이 갖게 되기 때문이란다.

따라서 인터넷이나 동영상으로 어느 정도의 정보를 습득했다면 독서로 다양하고 깊이 있는 사고를 경험하는 것도 좋은 방법일 것이다.

4차 산업혁명 시대에 맞게 내가 알고자 하는 정보와 지식을 독서를 통해 오롯이 내 것으로 만드는 기쁨을 자녀와 함께 누리기 바란다.

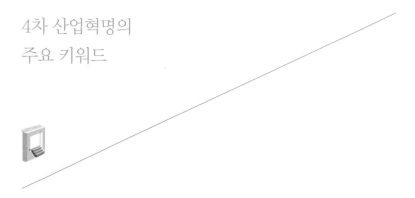

03

4차 산업혁명의
주요 키워드

　　　　　　　사람은 자신이 관심을 가지는 것만 보는 경향이 있다. 가령 한 브랜드의 자동차를 구입하려고 할 때 전에는 잘 보이지 않던 그 자동차가 길을 지날 때마다 눈에 띄는 것처럼 말이다.

4차 산업혁명도 마찬가지다. 마치 3차 산업혁명이 언제 지나갔는지도 모르게 겪었듯이 관심을 갖지 않으면 잘 알지 못하는 법이다.

그래서 이번 장에는 4차 산업혁명을 대표하는 주요 기술 중 6가지에 대해 간략히 정리해보았다.

다음 용어들을 보면 지난 몇 년간 많이 들어봤을 내용들일 것이다.

4차 산업혁명에 대해 평상시 관심이 많고 다음 용어들이 낯설지 않다면 간략히 개념을 정리하는 시간이 되길 바란다.

1. 사물인터넷 (IoT)

사물인터넷(IoT = Internet of Things)은 TV, 세탁기, 에어컨, 냉장고 등의 전자제품뿐만 아니라 자동차까지 모든 사물이 집 안팎의 인터넷과 연결되는 기능을 가져 사물끼리 정보를 서로 주고받는 것을 뜻한다. 3차 산업혁명에서 사람이 컴퓨터를 통해 기계를 통제했다면 4차 산업혁명에서는 사람의 개입 없이 컴퓨터가 기계와 데이터를 주고받으면서 서로 커뮤니케이션하는 것을 의미한다. 이것이 가능하게 된 이유는 사물에 센서가 부착되어 있기 때문이다.

사물인터넷은 그 어느 기술보다 활용도가 높다.

현재 스마트폰, 디지털TV, 내비게이션, 냉장고, 전기밥솥, 게임기 등에 다양하게 사용되고 있다. 각 가정에서 음성만으로 집안의 모든 전자제품들을 컨트롤 할 날이 머지않았다.

2. 인공지능(AI)

인공지능(AI = Artificial Intelligence)은 기계가 사람의 두뇌와 같은 지능을 갖추도록 설계된 인공적인 지능을 말한다. 1956년 미국의 다트머스대학교 교수이던 존 매카시가 창시한 용어이다. 빅데이터와 사람의 뇌를 모방한 신경망 네트워크 구조로 이루어진 딥러닝 알고리즘의 발전으로 사람이 알려주지 않은 데이터의 특징까지 스스로 분석하고 응용하는 수준까지 발전한 상태다.

우리나라에서는 2016년 이세돌과의 바둑대결로 떠들썩했던 알파고가 큰 이슈가 되어 인공지능에 대한 관심이 높아졌다. 유명 영화 〈아이언맨〉의 훌륭한 비서로 나오는 자비스도 인공지능에 속한다.

현재 스스로 알아서 동작하고 조절하는 로봇청소기나 자율주행 자동차, 드론 등이 실생활에 사용 중이다.

3. 빅데이터

기존에는 빅데이터가 말 그대로 정형화된 많은 양의 데이터를 의미했지만, 최근엔 그 의미가 확장되어 비정형화된 데이터까지 포함한다. 비정형 데이터란 페이스북이나 트위터에 업로드 한 글, 블로그에 게시한 글, 카카오톡에서 주고받은 메시지, 사진이나 동영상 등과 같이 형식이 정해져 있지 않은 데이터를 뜻한다.

데이터 처리기술이 발전하면서 빅데이터의 분석시간이 놀라울 만큼 빨라지자 교육, 산업, 마케팅, 범죄 예방 등 다양한 분야에 빅데이터가 활용되고 있다.

우리가 인터넷에서 관심 있는 제품을 검색 또는 구입할 경우 그 제품과 같거나 비슷한 제품의 광고가 올라오는 것을 본 적이 있을 것이다. 빅데이터가 거기에 담긴 데이터와 정보를 분석해 예측하여 사용하기 때문이다.

빅데이터는 사회 모든 분야에 활용될 가능성이 높아 빅데이터 분석가나 빅데이터 과학자 등 이 4차 산업혁명 시대에 각광받는 직업이 되고 있다.

4. 증강현실

가상현실이 컴퓨터 안에 가상의 세계를 만들어 실제와 같은 체험을 하는 것이라면, 증강현실은 실제 환경에 가상의 정보나 사물을 합성하는 것을 말한다.

대표적인 예로 2016년 출시되어 전 세계적으로 열풍을 일으켰던 스마트폰 게임 '포켓몬 고'가 있다.

게임 외에도 증강현실은 이미 스마트폰 앱을 통해 실생활에서 활용도가 높다.

우리 집의 인테리어를 구상할 때 벽지나 페인트로 벽의 색을 미리 바꾸어 본다거나 사고자 하는 가구를 실제 위치에 놓아볼 수도 있고, 새 옷이 나에게 어울리는지 가상으로 입어보기도 한다. 가까운 미래에는 우리의 일상 곳곳에 증강현실이 녹아들 것이다.

5. 3D 프린팅

입체 모형을 프린터로 만들어내는 기술이 3D 프린팅이다. 몇 년 전에 3D 프린팅을 직접 배우면서도 감탄했었지만 이렇게나 상상하지도 못한 분야에까지 활용될 줄은 몰랐다.

플라스틱에서 석고, 나일론, 금속 등 소재가 다양해지고 기술의 정밀도가 높아지면서 의류, 건축, 전자, 항공분야 등 대부분의 분야에 널리 사용되고 있다.

특히 괄목할 만한 성장을 이룬 분야는 의료분야이다.

3D프린터를 이용해 신체 장기를 만드는 기술을 '3D 바이오 프린팅'이라 하는데 뼈나 치아부터 두개골, 피부나 연골조직, 혈관은 물론, 주요 장기까지 만드는 수준까지 이르렀다.

이스라엘 텔아비브대의 탈 드비르 교수 연구진은 2019년 3D프린터와 사람 세포를 이용해 토끼 심장 크기의 인공심장을 최초로 만들었다.

장기기증이 턱없이 부족한 우리나라에도 이 기술을 통해 많은 아픈 이들에게 좋은 소식이 들려오길 기대한다.

6. 로봇

1961년 최초로 산업용 로봇 '유니메이트'가 한 자동차회사에서 사용된 이래 로봇과 관련된 산업 분야는 용도에 따라 다양하게 발전해 왔다.

4차 산업혁명에서의 로봇은 더 이상 육체적인 노동에만 사용되지 않는다. 감정노동에 활용되는 인공지능 로봇들이 속속들이 등장하고 있다.

이 로봇들은 인간과 대화할 수 있으며 인간의 감정을 인지할 정도로 발달 되어있다.

휴머노이드 로봇은 외로운 사람들의 말벗이 되어주기도 하고, 강아지와 똑같은 모습의 로봇은 거동이 불편한 분에게 작은 위안을 주기도 한다. 로봇은 점점 인간의 삶에 밀접하게 다가오고 있다.

이렇게 지식과 감성을 겸비한 로봇이 등장하면서 전문직이나 연구직 관련 직업이 위협받지 않을까 우려의 목소리도 있지만 이로 인해 기존 직업이 로봇과의 협업으로 이루어지면서 업무능률의 향상과 함께 새로운 일자리가 창출될 거라 전망한다.

4차 산업혁명에 대해 많이 아는 사람일수록 이 시기를 불안한 미래로 인식하기보다 긍정적으로 바라본다고 한다.

위의 키워드들은 개념만 살짝 정리한 것이므로 좀 더 자세히 알기 원하면 4차 산업혁명과 직업에 대한 여러 책들을 읽어보기를 권한다.

부모인 나와 내 아이가 살아갈 미래를 이해하고 준비하는 데 있어 책으로 관련 지식을 쌓는다면 그 어느 누구보다 한발 앞선 성장을 하는 것은 물론 세상을 바라보는 새로운 시각을 얻게 될 것이다. 세상은 준비하는 자에게만 기회를 허락한다.

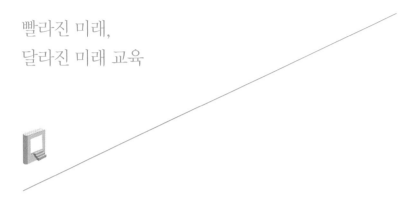

04

빨라진 미래,
달라진 미래 교육

2010년 스마트폰의 대중화로 사람들의 생활은 획기적으로 바뀌게 되었다.

스마트폰 하나만 있으면 은행 업무부터 시작하여 택시를 부르고 음식을 주문할 수 있다. 건강상태를 체크 할 수 있고, 온라인이나 오프라인 어디서든 결제가 가능하며 게임, TV 시청, 영화관람까지 이제 스마트폰이 없는 세상은 상상하기 힘들 정도로 모든 것을 스마트폰으로 해결할 수 있다. 놀랍게도 이 모든 일들이 10년 안에 이루어진 결과들이다.

앞으로 10년 아니 5년 뒤 우리의 생활이 어떻게 변할지 지금 당장 알 수는 없다.

확실한 건 과거보다 훨씬 더 빠르게 세상이 변화한다는 것이다.

생활이 바뀌면 변하는 속도에 맞춰 주변의 직업들도 바뀌게 된다. AI와 로봇기술의 발달로 인간은 좀 더 자유롭고 편리한 생활을 얻었다. 대신 단순한 노동을 원하는 직업들이 빠르게 줄어들고 있다.

다보스포럼으로 유명한 세계경제포럼은 '미래 고용보고서'에서 이렇게 전망한 바 있다.

'현재 초등학생이 갖게 될 일자리의 65%가 전혀 다른 새로운 일자리가 될 것이다.'

앞으로는 우리가 들어보기에도 생소한 직업들이 쏟아져 나올 것이다. 불과 몇 년 전까지만 해도 생소했던 크리에이터란 직업이 지금은 각광받고 있는 것처럼 말이다.

직업에 대한 고정관념을 버리고 새로운 관점으로 바라봐야 할 때가 온 것이다.

이처럼 빨라진 미래 사회에서 직업을 갖고 건강한 사회의 일원이 되기 위해서는 미래 변화를 제대로 파악하여 그 특성에 맞는 교육을 하는 게 우선이다.

우리나라의 교육도 예전보다 여러 제도나 교육적 환경이 향상되었지만, 아직도 주입식 교육이 대부분을 차지하고 있다. 학생이 중심이 되어 문제를 찾아 자발적으로 학습하고 이를 해결하기 위해 토의하고 연구하는 학생 중심의 수업이 되기까지는 시간이 걸릴 것이다.

4차 산업혁명에 맞춰 우리 정부에서도 교육과정이나 컨텐츠를 개발하거나 다양한 프로그램을 시행 중이기도 하고 계획하기도 한다. 물론 성과가 있는 부분도 있지만 아직 미미한 수준에 머물러 있는 것이 많다.

그러나 세계의 교육은 벌써 수년 전부터 다양한 시도로 변화를 꾀하고 있었다.

무크 MOOC(Massive open online course)라고 들어본 적이 있는가?

2012년에 뉴욕타임스가 '올해 교육계의 가장 혁명적인 사건'이라 할 정도로 현재까지 전 세계적으로 인기를 끌고 있는 온라인 공개강좌 플랫폼을 말한다. 하버드, MIT, 스탠포드와 같은 세계 유수의 대학들이 무료와 유료로 강의를 제공하고 있으며, 일정 금액을 지불하면 굳이 유학을 가지 않고도 집에서 명문대학의 강의 수료증을 받을 수 있고 심지어는 석사학위를 취득할 수도 있다. 또한 세계 다양한 국적의 학생들과 토론과 교류가 가능하다는 것도 큰 매력으로 다가온다. 현재 우리나라에서도 K-MOOC라고 해서 2015년부터 운영 중인데 몇몇 강좌는 학점취득이 가능하다.

심지어 가까운 나라 일본에서도 몇 년 전부터 4차 산업혁명 시대에 필요한 인재를 키우기 위해 IB 국제 바칼로레아라는 교육과정을 아시아 국가 최초로 공교육에 도입하여 학생 주도의 토론중심 수업을 확대하고 있다고 한다. 세계 여러 나라에서 스스로 사고하고 판단하여 수업에 적극적으로 참여하는 형태로 바뀌는 추세이다.

현재 우리나라 교육도 예전과는 달라진 점이 많이 있다. 그중 하나가 바로 중학교 때 실시하는 자유 학년(학기)제이다. 자유 학년제란 경쟁 중심의 수업에서 벗어나 시험 없이 1년 동안 토론이나 실습 등 다양한 체험을 통해 진로교육을 받는 제도다. 이 과정에서 학생들은 자신의 적성과 진로를 탐색하게 된다. 이는 자신의 소질을 파악하고 미래의 직업을 체험하는 과정에서 꿈을 위해 노력할 수 있다는 장점이 있다. 하지만 한 학기 동안 아이들이 할 수 있는 체험은 한정되어 있고, 인기 있는 과정으로 인원이 몰리게 되면 원하지 않는 체험을 하게 되는 경우도 있어 자신의 적성을 제대로 파악할 수 있을지는 미지수다.

어느 날 한 미래 교육 다큐멘터리에서 인상 깊은 문구를 보게 되었다.

"우리는 21세기의 학생들에게 20세기의 교사들이 19세기 강의실에서 가르치고 있다."

세계의 교육은 시대가 요구하는 인재양성을 위해 새로운 방향으로 끊임없이 모색 중이다. 그러나 우리나라는 아직 입시 위주의 교육에서 벗어나지 못하고 있다.

위의 문구를 지금 우리의 현 상황에 빗대어 본다면 다음과 같이 바꾸어도 무방할 것 같다.

"21세기 자녀들에게 20세기의 부모들이 20세기 방식으로 양육하고 있다."

나를 포함한 많은 부모들이 예전에 자신들이 공부한 방식으로 자녀들을 교육하려고 한다. 모든 관문이 대학을 향하고 있고, 여기를 통과해야만 번듯한 직업을 갖게 된다고 강조한다.

그게 좋지 않은 방법이라는 걸 알면서도 그대로 답습하고 있는 셈이다.

학자들 사이에서 미래에 제일 필요한 역량으로 창의력과 융합적 사고가 대두되고 있다.

그렇다면 우리나라 학생들의 창의력 수준은 어느 정도일까?

2015년 경제협력개발기구(OECD)가 전 세계 만15세 학생들을 대상으로 읽기, 수학, 과학의 능력을 평가하는 학업성취도평가(PISA)에서 우리나라는 상위권 성적을 유지했지만, 다른 창의력지수를 측정하는 평가에서는 하위권을 기록했다.

창의력과 융합적 사고가 서로 일맥상통한다는 것은 다음 창의력에 관한 정의들을 보면 알 수 있다. 최진기의 〈4차 산업혁명〉에서 창의력은 '변화된 상황에 유연하게 적응할 수 있는 문제 해결 능력' 이라 정의하였고, 미국의 창의력교육 분야의 권위자로 알려져 있는 김경희 교수는 창의력이란 '기존에 갖고 있던 많은 정보들을 새로운 방법으로 섞어서 또 서로 관련성이 없는 것을 함께 합하는 힘' 이라고 하였다. 결국 창의력은 전혀 새로운 것이 아닌 기존의 것들을 새로운 관점으로 바라보고 재구성하는 능력이라 할 수 있겠다.

이러한 창의력을 키우기 위한 그 바탕엔 상상력이 자리하고 있다.

창의력과 상상력은 특별한 재능이 아니다. 누구나 내면에 숨겨져 있지만, 발견을 못 했을 뿐이다. 독서로 생각의 틀을 넓혀 스스로 질문하고 문제를 해결하는 과정에서 자유롭게 사고하는 경험을 반복하다 보면 내 안의 상상력을 깨울 수 있다.

한국인에게 잘 알려진 동화작가 앤서니 브라운은 어린 시절 그림책과 동화책을 즐겨 읽었으며 형과 했던 놀이가 상상력을 키우는 데 큰 역할을 했다고 밝힌 바 있다. 바로 '셰이프 게임' 이다.

셰이프 게임은 그림 완성 놀이로 종이 위에 의미 없는 도형 하나를 그리고 그것을 바탕으로 릴레이로 그려가며 의미 있는 그림으로 완성하는 놀이이다. 무의미한 도형 하나를 새로운 그림으로 완성하는 과정에서 창의성과 상상력이 발휘된다. 잠재되어 있던 상상력이 독서로 축적된 배경지식을 토대로 나타나는 것으로 볼 수 있다.

21세기의 자녀를 키우는 부모로서 21세기의 부모가 되기 위해선 독서로 창의력과 융합적 사고를 갖기 위해 노력해야 한다.

시기적으로 남들보다는 늦게 알게 된 미래 교육이었지만 관련 내용을 공부하고 독서를 해왔던 것이 지금의 내 아이를 이해하는데 있어서 결과적으로 좋은 영향을 미치게 되었음은 부인할 수 없다.

현재는 과거의 산물이라고 하듯이 미래도 현재를 살고 있는 우리가 만들어내는 산물이다. 현재 우리가 어떤 사고를 갖고 사느냐에 따라 미래가 달라질 수 있다는 것이다.

독서는 과거나 지금이나 빨라진 미래와 미래 교육에 빠지지 않고 등장하는 공통된 단어이다. 주어진 시간 안에서 자신의 경험치를 최대로 높여 스스로 생각하는 사고의 수준을 높이기 위해서는 다른 사람들의 경험을 습득해야 한다.

다른 사람의 경험이나 노하우를 습득하는 가장 빠르고 정확한 방법에는 독서만 한 게 없다.

린다 그래튼은 자신의 저서 〈일의 미래〉에서 미래를 조금이라도 알게 되면 자신의 미래는 물론 주위 사람들에게 이전과는 다른 충고를 해줄 수 있고, 자신과 가족, 친구, 회사나 공동체가 내리는 선택에 근본적인 영향을 미칠 수 있다고 했다.

부모가 먼저 4차 산업혁명과 미래 교육을 이해하고 독서로 자신만의 가치관과 교육관을 정립하여 미래를 예측하고 준비해 보도록 하자.

높이 나는 새가 멀리 볼 수 있는 것처럼 일찍 미래를 준비하는 부모는 자신뿐 아니라 자녀들에게도 긍정적이고 밝은 미래를 선사할 것이다.

이를 깨닫고 독서를 하는 부모가 조금씩 늘어난다면, 지역사회 나아가 우리나라 교육을 움직이는 힘이 되리라 생각한다.

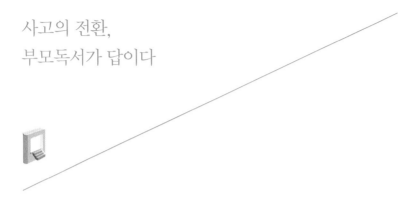

05

사고의 전환,
부모독서가 답이다

일 년에 많아봤자 다섯 권 정도 읽었던 내가 갑자기 독서량이 늘어나게 된 계기는 십 년 전 한 권의 자기계발서를 접하고 나서부터다.

그때의 나는 아이 둘을 키우는 워킹맘이었고, 삶의 목표라고는 크게 없었으며 그저 주어진 일에 감사하며 열심히 살면 된다고 생각했었다.

그러다가 우연히 접한 이 책이 내 삶에 어마어마한 파장을 일으켰다. 지금이라도 도전하면 무엇이든지 할 수 있겠다는 자신감과 용기, 그리고 무엇보다 어른이 된 나도 꿈을 가질 수 있다는 희망과 함께 나만의 꿈을 갖게 되었다.

결혼해서, 아이를 키우고 있어서, 형편이 좋지 않아서, 일하느라 시간이 없어서 꿈을 포기하거나 갖지 않는 건 하나의 핑곗거리에 불과하다는 것을 책을 통해 깨달았다. 가슴이 뭉클하고 두근거렸다. 그 마음을 좀 더 간직하고 싶고, 알고 싶어서 다른 책을 읽기 시작했다. 그때부터였다. 조금씩 독서가 재미있어졌다.

한 권의 책으로 사람이 바뀌기는 어렵다고들 하는데 그러고 보면 나는 감사한 일이 아닐 수 없다.

그렇게 독서량이 늘어날수록 꿈도 점점 커지고 하고 싶은 것도 많아졌다. 하고 싶은 게 많아지니 시간을 쪼개어 써야 했다. 그래서 예전보다 더 부지런하게 움직였고, 조금씩 꿈을 이루기 위해 목표를 갖고 계속해서 하나둘씩 차근차근 배워나갔다.

그러자 크고 작은 좋은 기회들이 계속해서 생겨났다. 인간관계에서도 마찬가지였다. 좋은 사람들을 만나는 기회가 자연스레 주어졌고 지금까지 그 인연들을 소중하게 이어가고 있다.

만약 책을 읽지 않았더라면, 독서를 꾸준히 하지 않았더라면 어땠을까?

지금처럼 삶에 능동적이고 적극적인 자세를 갖지 않았을 것이며 좋은 사람들을 만날 기회는 별로 없었을 것이다.

이것이 독서로 사고가 전환되어 일어난 삶의 큰 변화 중 하나이다.

독서로 인한 첫 번째 사고의 전환이 인생의 꿈을 갖게 하고 세상으로 시야를 넓혀 주었다면, 두 번째는 아이의 사춘기를 겪으면서 읽게 된 책들로 달라진 교육관이었다.

지금의 자녀들은 스마트폰과 인터넷을 자유자재로 사용하는 세대이며, 하루 종일 온갖 디지털 매체에 노출되어 있다. 대화 또한 SNS나 메신저프로그램을 이용하는 경우가 많다.

주변 환경과 생활 패턴이 너무나도 많이 바뀌었기에 이제 더 이상 과거를 운운하며 예전 부모의 학창시절과 자녀의 모습을 비교할 수조차 없다.

그러므로 이제는 부모가 다른 시각과 관점에서 자녀를 바라볼 필요가 있다.

다른 시각과 관점을 가지기 위해선 생각, 즉 사고의 전환이 이루어져야 가능한 일인데 사람의 생각이라는 게 알다시피 쉽게 변하지 않는다.

우스갯소리로 사람은 고쳐 쓰는 게 아니라고 하지 않던가?

그만큼 생각은 자신의 경험이나 책과 인터넷, 또는 다른 사람 등 다양한 경로로 얻은 개인의 정보들로 이루어지므로 지극히 주관적이라 할 수 있다. 해가 지날수록 늘 해오던 이런 생각들은 큰 계기나 변화가 있지 않은 한 내 안에서 하나둘씩 확고한 신념으로 자리 잡게 된다. 이 신념은 시간이 갈수록 더 단단해지기 때문에 간혹 쓸데없는 고집으로 변하는 경우가 있다. 타인이 볼 때 자신이 갖고 있는 신념을 신념으로 받아들이지 않는다면 그건 고집으로 볼 수밖에 없다. 주변 사람의 조언도 들리지 않는다. 내가 옳다는 생각을 못 버리기 때문이다. 바로 내 경우가 그랬다.

아이의 행동을 도저히 이해할 수 없었고 누구에게도 쉽게 말할 수 없었던 때라 이를 해결하려고 들른 곳이 바로 서점과 도서관이었다.

당시 나에겐 인생의 위기라면 위기였기에 이 상황을 극복하기 위해 열성적으로 자녀교육 책을 읽었었다. 당시에는 몰랐지만, 그때의 독서가 정말 나에게 얼마나 중요했는지, 나의 교육관이 얼마나 많이 바뀌었는지는 집안에 한 차례 큰 폭풍이 지나고 난 뒤에야 알게 되었다.

독서로 인해 예전 같으면 안절부절 못하고 조마조마했을 일도 좀 더 의연하게 대처할 수 있었고, 아이를 아이 자체로 인정할 수 있었다. 그리고 필요할 때는 다른 사람들의 도움과 조언도 아낌없이 담을 정도의 마음 그릇을 갖게 되었다.

마지막으로 독서는 수용적 사고만 하던 나를 비판적 사고도 할 수 있게 도와주었다.

이혜정 교수의 〈서울대에서는 누가 A+를 받는가?〉를 보면 수용적 사고와 비판적 사고의 정의가 잘 설명되어 있다.

"수용적 사고력이란 상대방이 가르치는 내용을 아무런 의심이나 비판 없이 그대로 받아들여서 이해하고 암기해 시험에서 정확하게 기억해 내는 능력이다. 그에 반해 비판적 사고력이란 주어진 내용을 이렇게도 생각해 보고 저렇게도 생각해 보고 뒤집어서도 생각해 보는 등, 상대방이 가르치는 내용을 자신만의 관점으로 다시 들여다보는 능력이다."

흥미로운 내용이었는데 서울대에서 높은 학점을 받은 학생들을 조사한 결과 수용적 사고력이 높게 나왔다고 한다. 반면 비판적 사고력이 높은 학생들은 학점이 낮게 나왔다고 하는데 이유인즉슨, 수업시간에 반론을 제기하거나 다른 견해를 말하게 되는 경우 교수의 눈 밖에 나기 때문이란다.

5년 전에 나온 책이었으니 지금은 환경이 많이 바뀌지 않았을까 기대하고 싶다.

이는 질문이나 반론에 익숙지 않은 우리의 교육환경과 무관하지 않다고 본다.

나 역시 굉장한 수용적 사고력의 소유자다. 학창시절부터 불과 몇 년 전까지만 해도 어떠한 일이나 상황이 발생했을 때 그것이 잘못되었을 거라는 생각은 전혀 하지 않고 순응적으로 받아들이는 편이었다. 그래서 주변 사람들은 나를 어디서든 적응 잘하고, 말 잘 듣고 온순한 사람으로 기억한다. 하지만 때로는 직장에서 옳지 못한 일을 보더라도 자신 있게 말할 용기도 없는 내 모습에 스스로 실망할 때가 있다. 그래서 항상 지나고 난 뒤에 후회한다.

독서를 할 때도 마찬가지였다. 책에 나온 내용이라면 무조건적으로 받아들이고, 100% 다 옳다고 여겨 옮겨 적기에 급급했다. 스스로 사고하는 자세는 찾아보기 힘들었다.

그런데 독서를 꾸준히 한 지 5년여가 지날 무렵 이런 나의 사고와 행동이 서서히 바뀌기 시작했다. 의도적으로 노력한 면도 있었지만, 독서력이 어느 정도 쌓이다 보니 알처럼 단단하게 무장되었던 생각에 조금씩 균열이 일며 다른 사고를 할 수 있게 되었다.

작가가 전하고자 하는 바가 무엇이고 나는 어떻게 생각하는지, 나라면 이 상황에 어떻게 했을지 등 다양한 질문을 스스로에게 던져본다. 비판적 사고의 첫걸음이다.

가르치는 학생들을 봐도 알 수 있다. 수업 중 아이들의 생각을 묻는 질문을 많이 하는 편인데 처음에 자신의 의견에 작은 목소리를 내거나 모르겠다고 하던 아이들도 대답하는 횟수가 누적될수록 자신감을 갖고 이야기한다. 질문에 대한 정답이 없다는 것을 알았기 때문이다.

또 책을 읽고 내용 중 이상한 부분이 없었는지, 궁금한 게 있었는지를 물어보면 매번 "몰라요."라고 일관된 대답만 하다가 용기를 내어 새로운 생각을 도출하는 순간 그다음부터는 끊임없이 자신의 입장을 자신 있게 표현하게 된다.

생각도 연습이 필요함을 알 수 있는 부분이다.

이렇게 독서를 하다 보면 내 생각과 타인의 생각을 비교하고 옳고 그름을 판단하는 능력을 키우게 된다. 또한 타인의 생각을 듣는 과정에서 다름을 인정하는 법을 배워 넓은 이해력과 포용력이 생긴다.

비판적 사고를 키우기 위해서는 평소 관심 분야나 어떤 사항에 대한 풍부한 사전지식이 필요하므로 독서로 이를 충분히 갖추어 두는 것이 좋다.

물론 깊숙이 잠재되어있는 수용적 사고를 바꾼다는 것이 결코 쉬운 일은 아니다. 특히나 아직까지 우리나라는 나이나 지위 등으로 서열을 중요시하게 여기기 때문에 어릴 때부터 수용적 사고에 익숙해 있다. 그러므로 부모로서 사고의 전환을 원한다면 꾸준히 책을 읽고 열심히 생각하는 시간을 가져보자. 딱딱하게 굳어있던 생각들이 말랑말랑해지면서 받아들이는 사고의 폭이 넓어짐을 경험할 것이다.

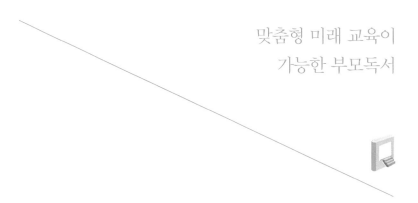

06

맞춤형 미래 교육이
가능한 부모독서

우리는 손쉽게 정보와 지식을 얻을 수 있는 세상에 살고 있다. 인터넷 창에 검색어만 입력하면 원하는 정보가 수두룩하게 나온다. 배우고자 하는 열의만 있으면 충분히 지식을 얻을 수 있다.

이는 학교나 가정에서 더 이상 지식만 전달하는 교육을 해서는 안 됨을 의미하는 것이기도 하다. 미래 교육은 기존의 주입식 암기교육에서 벗어나 학생들이 협동하고 토론하는 과정에서 스스로 문제를 해결하는 과정을 거쳐야 한다.

우리나라도 서서히 교육의 패러다임이 변하고 있다. 목소리를 높여 교육의 변화를 주장하는 이들이 있어 참신하고 획기적인 미래 교육이 시행되고 있기도 하다.

이럴 때일수록 부모가 열린 마음으로 정보를 빠르게 읽는 능력이 필요하다.

독서 하는 부모는 어느 누구보다 변화를 쉽게 감지할 수 있다. 이유는 새로운 책에 대한 정보가 빠르기 때문이다. 서점이나 도서관, 인터넷을 통해 새로운 책의 제목만 훑어보기만 하더라도 그해의 트렌드와 시대적 흐름을 금방 파악할 수가 있다.

변화의 흐름을 이해하면 고정관념에서 벗어나기가 쉽다.

우리 아이들은 더 이상 부모와 같은 시대에 살지 않으므로 전처럼 부모가 원하는 직업을 자녀에게 강요할 수도 없다. 부모가 고정관념에서 탈피해야 할 이유이기도 하다.

그토록 유망했던 변호사, 약사란 직업도 4차 산업 시대에 사라지는 직업 중 하나로 꼽히고 있다. 수치화된 데이터들을 인공지능에 입력하면 사람보다 훨씬 빨리 정교하게 일을 마칠 수 있기 때문이다. 이미 2016년 미국에서는 '로스'라는 인공지능 변호사가 업무를 맡고 있다고 한다.

그러므로 부모는 자녀들이 빠르게 변하는 미래에 대응하도록 부모가 먼저 변화를 받아들이려고 하는 자세가 중요하다.

가정은 자녀가 맞이하는 최초의 학교이고 최초의 사회다.

가정에서의 교육은 자녀의 인성뿐 아니라 삶의 전반에 큰 영향을 미친다. 부모가 삶을 바라보는 방식은 자녀에게 그대로 흡수된다. 삶을 부정적이고 비관적으로만 생각하여 신세 한탄만 하는 모습을 지속적으로 자녀에게 보여준다면 자녀는 무의식적으로 삶은 힘든 것이라고만 생각할 수 있다. 반대로 부모가 정녕 어려운 환경에 있더라도 밝은 모습으로 씩씩하게 극복한다면 자녀 또한 어떠한 변화가 생기더라도 능동적으로 헤쳐나갈 용기를 가질 것이다. 따라서 부모가 미래에 대해 긍정적인 관점으로 유연한 사고방식을 가질 필요가 있다.

독서는 미래를 긍정적으로 바라볼 수 있도록 수많은 방법을 제시하고, 더 나아가 미래를 예측할 수 있도록 돕는다.

나의 경우 4차 산업혁명에 관한 책들을 읽으며 그동안 고수해왔던 교육방식에 대해 많이 반성하게 되었다. 책은 더 이상 그 옛날 내가 살던 어릴 적을 생각하면 안 된다는 경고 아닌 경고를 주었고, 아이의 관심과 적성에 더 관심을 기울이는 계기를 마련해 주었다. 그리고 그 안에서 새로운 희망들을 보았다.

4차 산업혁명으로 인해 사라지는 직업도 많겠지만 그만큼, 아니 그보다 더 많은 새로운 직업들이 생겨날 것이다.

그래서 평소 내 아이의 적성을 잘 파악한다면 아이의 성향에 맞는 새로운 미래직업을 찾는데 수월할 수 있다.

자녀와의 좋은 관계는 아이가 무엇을 좋아하고 어떤 분야에 관심이 있는지 알 수 있게 도와준다. 이를 위해 지속적으로 자녀와 대화를 나누는 것이 중요하다.

만일 아이가 좋아하는 일을 찾았다면 부모는 선입견 없이 아이의 꿈을 적극 지원하고 응원해주어야 할 것이다.

큰아이가 중학교를 졸업할 무렵 자신의 꿈을 이야기한 적이 있었다. '게임' 디자인 관련 직업이었는데 제법 구체적이었다. 하지만 그 당시 엄마인 내가 보여준 태도는 아이를 실망시키기에 충분했다. 마음속에 게임은 무조건 나쁘다는 편견이 있었기 때문이다.

"어, 그래. 근데 너 다른 거 잘하잖아. 차라리 그쪽으로 알아보는 게 어떨까?"

아이는 이 말을 들었을 때 자신의 꿈을 무시한 말이라고 생각했다.

먼저 꿈을 갖는 것 자체를 칭찬하며 어떻게 해서 그런 생각을 갖게 되었는지, 그 꿈을 위해선 지금 어떤 노력을 해야 하는지 서로 대화를 나눌 수 있는 기회를 스스로 차단한 것이나 다름없었다. 그 후 한동안 아이는 미래의 꿈에 대해 아무런 언급도 하지 않았다.

나는 그동안의 행동에 대해 사과하며 아이와 깊은 대화를 나누었고, 부모의 믿음을 확인한 후에야 아이는 마음을 열었다. 무려 2년이란 세월이 흐른 후다.

시간은 걸렸어도 그동안 다방면으로 절실하게 해온 독서가 편견을 없애는 데 중요한 역할을 했고, 그 결과 아이와의 관계가 개선되었으니 그것만으로도 감사하게 생각한다.

지금 아들은 자신의 꿈을 위해 조금씩 준비하고 있다. 물론 현재 정한 이 진로가 끝까지 간다고는 예측할 수는 없다. 설사 다른 진로를 정하더라도 부모의 지원과 믿음을 얻었다는 것만으로 아이는 새로운 꿈을 위해 주저하지 않고 나아갈 용기를 갖게 될 것이라 믿는다.

앞서 밝혔듯이 독서를 하는 부모는 새로운 정보를 다른 누구보다 빠르게 접할 수 있다.

과거와 현재, 그리고 미래를 신선하고 다양한 시각으로 풀어놓은 새로운 책들이 매일 출간된다. 지금 바로 서점이나 도서관을 가도 미래의 교육이나, 직업, 4차 산업혁명 이후의 사회 등 미래와 관련한 많은 책들을 만날 수 있다.

그저 막연하게 아이들의 미래가 걱정된다고 남들이 하자는 대로 따라 하지는 않길 바란다.

앞으로 독서 자체가 갖는 의미는 더욱 커지고 중요해질 것이다.

미래 사회에서 독서를 한다는 것은 그저 취미의 방편으로 생각하던 시절을 지나 치열한 생존의 수단이 될 것이라고 한다.

당장은 내가 필요한 정보와 지식을 인터넷만 연결된다면 시간과 장소에 구애받지 않고 찾을 수 있다. 나 역시 인터넷 검색을 자주 하는 편인데 어느 순간 똑같은 내용을 반복적으로 검색하게 되는 것이다.

한 번 보고 대충 아는 정보와 지식은 오롯이 내 것이 될 수 없다. 내 안의 지식으로 활용되기 위해서는 독서와 함께 생각이라는 사고의 과정을 거쳐야 한다.

독서로 미래의 지식을 차근차근 쌓다 보면 더 이상 미래가 두렵기만 한 것이 아니라 기대되고 흥미로운 모습으로 받아들여질 것이다.

오늘을 알아야 미래를 지혜롭게 준비하는 법이다.

과거 우리 인간들은 좀 더 나은 미래를 위해 새로운 문물을 계속해서 창조해왔다.

오늘을 사는 우리는 과거에 선조들이 이루어 놓은 훌륭한 과학기술로 지금까지 편리하게 생활하고 있다. 그리고 우리는 지금보다 더 나은 미래를 위해 높은 수준으로 과학기술을 발전시키고 있는 것이다.

하지만 한편에서는 첨단과학과 기술의 발전으로 만든 인공지능이 인류의 직업과 삶을 위협한다고 염려한다. 큰 변화를 겪을 때마다 해결해야 할 과제는 생기는 법이다.

과거에도 이런 비슷한 걱정과 고민을 겪었는데 산업혁명이 일어날 때마다 대량 실업은 피할 수 없는 문제였다. 그렇지만 그 혼란은 대체 직업이 빠르게 늘어남으로써 회복될 수 있었다.

결국 인공지능을 만든 것도 인간이다. 그러므로 지금 이 시대를 인간은 현명하게 대처해 나가는 방법을 스스로 찾아낼 것이라고 믿는다.

위기라고 생각할 때 기회가 찾아온다는 말이 있다.

자녀들의 미래가 사라지는 직업들로 인해 점점 더 살기 어렵고 암울하다고 인식하기보다, 혁신적인 아이디어와 과학기술로 독창적이고 새로운 직업이 많이 생기는 좋은 기회로 생각하며 희망적인 미래를 기대하면 좋겠다.

부모가 먼저 독서를 통해 미래를 열린 마음과 긍정적인 관점으로 바라보는 연습을 해보자.

지금은 볼품없는 미운 오리 새끼 일지라도 그 안에 멋진 백조의 모습이 숨겨져 있듯이 현재 우리 아이들도 미래에 각자 감춰진 백조의 모습을 보여주기 위해 때를 기다리고 있다.

각자의 재능으로 백조가 되는 그 날이 올 때까지 지속적인 대화를 통해 자녀의 적성을 파악하여 그 꿈을 지지해 주길 바란다. 미래에는 우리가 예상하지 못할 정도로 훨씬 더 많은 기회들이 주어질 것이며, 응원과 격려 속에서 자란 자녀는 그 기회를 놓치지 않으리라고 본다.

07

독서를 하는 부모는
무엇이 다른가?

부모는 바쁘다. 외부적으로는 일을 해야 하고, 집에 들어오면 온갖 집안일을 해야 할 뿐만 아니라 육아에 온 신경을 집중해야 한다. 이렇게 하루를 보내면 금방 녹초가 되고 만다. 그러니 책 읽을 시간은커녕 휴식 시간도 부족하다고 하기도 한다.

하지만 그럼에도 불구하고 이 같은 상황에서도 책을 읽는 부모는 분명 존재한다. 모두에게 24시간이라는 똑같은 시간이 주어졌건만 왜 어떤 부모는 꾸준히 독서를 하고 다른 부모는 독서를 못 하는 걸까? 누군가는 자유시간이 많으니까 당연히 책 읽을 시간이 많은 것 아니냐고 반문할 수 있다. 그런데 꼭 그렇지만도 않다. 독서모임이나 저자 강연회에 오는 사람들 중 많게는 반 이상의 사람들이 바쁘게 사는 속에서 틈틈이 독서 하고 있었기 때문이다.

독서는 시간적 여유만 있다고 할 수 있는 게 아니라 자신의 의지와 습관이 무엇보다 중요함을 알 수 있다.

나의 경우도 마찬가지였다. 자유시간이 많을 때는 시간의 소중함을 그다지 느끼지 못해 쓸데없이 보내는 시간이 많았다면, 일을 해서 바쁜 때에는 자투리 시간마저 아까워 계획을 세워 행동하게 되었다. 오히려 자유시간이 많을 때보다 더 독서를 집중적으로 많이 하였다. 많은 독서가들이 바쁜 와중에서도 독서를 하는 이유는 책을 읽어서 얻어지는 효과를 직접 느낄 수 있었기 때문이다.

그렇다면 독서를 하는 부모는 무엇이 다를까?

가장 크게 다섯 가지로 정리해 보았다.

– 사고력 확장

일본의 교수이자 유명작가인 사이토 다카시는 〈독서력〉이란 저서에서 사고력은 모든 활동의 기초이며 이러한 사고력은 독서를 통했을 때 더욱더 발달한다고 밝혔다.

책에는 한 사람이 터득한 삶의 지혜와 경험이 들어있으며, 한 분야의 전문적인 지식과 정보가 가득 담겨 있다. 책을 읽는다는 것은 짧은 시간에 다른 사람의 경험을 공유함으로써 다른 사람의 실패를 통해 나의 실패를 줄이고 지혜와 지식을 넓히는 행동이라고 볼 수 있다.

이렇게 사고력이 확장되면 주변을 보는 시야가 넓어지며 사물의 본질을 파악하는 능력이 생긴다. 이는 타인을 이해하는 마음과도 관련이 있다.

나 역시 독서를 꾸준히 하기 전후를 비교해 보면 독서 후 다른 사람과의 관계에 있어서 불편함이나 서운함을 느끼는 횟수가 크게 줄어들었다. 물론 사람인지라 여러 각도로 다른 사람을 이해하더라도 실수할 때가 있다. 주로 감정이 앞서게 될 때 그런 실수를 하게 되는데 마음속으로 기억하고 다짐을 했더라도 금방 잊어버리고 같은 실수를 되풀이하게 된다. 특히 가족에게는 나의 울타리 안에 있다는 생각 때문인지 더 모질게 말하는 실수가 반복되곤 했다.

그럴 때 생각을 전환하고 반성하는 시간을 독서로 가진다. 그러면 어떤 부분에서 내가 부족한지 그 부족한 부분과 관련된 주제의 책을 지속적으로 읽으며 나의 부족한 부분을 고치게 되니 실수는 줄어들고 행동이 변하는 것이다. 만약 책을 읽지 않았다면 나만의 아집에 사로잡혀 행동의 변화는커녕 남을 이해하는 노력조차 하지 않았을지 모른다.

–주도적인 삶

매일 반복되는 일상을 마주하게 되면 하루하루가 그냥저냥 흘러가게 된다. 물론 하루를 주어진 일에 감사하며 열심히 사는 것 또한 중요하다. 하지만 쳇바퀴 돌 듯 똑같은 하루를 보낸다면 어떠한 발전 없이 그 상태에 안주하게 되고 말 것이다. 그리고 그 주어진 일이 나의 미래를 끝까지 보장해 줄지도 한 번쯤은 생각해 봐야 한다.

내가 가장 좋아하는 명언 중 하나인데 〈생각하는 대로 살지 않으면, 사는 대로 생각하게 된다.〉는 말이 있다.

독서를 꾸준히 하게 되면 꿈이 생기고 하고 싶은 게 많아지기 시작한다. 점점 삶에 애착을 느끼는 강도가 강해져 하루를 의미 있게 보내려 노력한다. 그러다 보면 자연스럽게 하루를 어떻게 보낼지 계획이란 걸 하게 된다. 이렇게 하루를 계획 속에서 사는 사람은 시간의 소중함을 알기에 자신이 시간을 주도적으로 사용하게 된다. 나의 의지대로 삶을 이끌어가게 되는 것이다.

─상상력을 높인다

세상에 없는 것을 만들어내는 것만이 상상력이 아니다. 기존의 것을 새로운 관점으로 바라보고 융합하는 능력도 상상력이 될 수 있다. 책을 읽으면 저자의 다양한 생각과 관점을 이해하고 책 속의 수많은 이야기를 통해 신선한 아이디어를 얻게 된다.

그리고 책 속 이야기에 깊이 빠지다 보면 그 장면을 마치 실제로 보는 것처럼 머릿속에 이미지가 그려진다. 이러한 이미지화는 내용을 빠르게 이해하는 데 도움이 된다.

–대화의 질이 달라진다

평상시 우리가 만나는 사람이 정해져 있고 특별한 모임이나 만남이 있지 않은 이상 우리가 나누는 대화는 기본적으로 비슷하다. 사용하는 어휘가 정해져 있는 것이다.

책은 수많은 단어와 문장으로 구성되어 있다. 독서를 하게 되면 내가 잘 사용하지 않는 단어도 접하게 되는 경우가 많아서 어휘력이 상승하는 것은 물론 독해력과 이해력도 높아진다. 그래서 책을 꾸준히 읽게 되면 나도 모르는 사이에 말을 센스있게 하는 사람, 논리적으로 말하는 사람으로 인정받는다.

–살아가는 용기를 얻는다

뜻하지 않게 자의건 타의건 삶의 위기가 찾아올 때가 있다. 그런 위기의 상황에서 읽는 책은 다른 때보다 더 큰 위로와 희망이 된다.

몇 년 전 갑자기 남편이 쓰러져 오랜 기간 동안 병원 생활을 한 적이 있었다. 큰 지병도 없었고 운동도 꾸준히 해왔고 아직은 젊은 나이였기에 남편과 내가 받은 충격은 상당했었다. 왜 우리에게 이런 일이 생겼는지를 반문하며 절망에 빠져 힘든 적도 잠시 있었다. 무료한 병실 생활로 몸도 마음도 지쳐갈 때쯤 우리 부부는 책을 읽기 시작했다. 좁은 병실에서 책을 읽으며 책 속 인물들을 통해 위안을 받으며 희망을 얻을 수 있었다. 남편은 더욱 삶에 의지를 갖고 재활

훈련에 참여했으며 우리 부부는 보다 긍정적인 마음으로 병원 생활을 잘 마치게 되었다.

이렇게 독서는 어려운 환경을 극복하는 힘을 준다. 마음이 어지럽고 현재의 힘든 환경을 벗어나기를 간절히 소망한다면 책을 집어들기를 바란다. 어려운 환경을 극복하고 성공한 사람들의 이야기를 담은 책은 무수히 많다. 분명 그 이야기를 통해 희망을 찾게 될 것이다.

독서를 하는 부모는 끝이 없는 내면적인 성장을 경험하게 된다. 책 한 권이 인생을 바꾼다는 말은 틀린 말이 아닌 것이다.

우리가 구입하는 책 한 권의 값은 대략 만원에서 2만 원 사이인데 아주 두꺼운 책이 아닌 이상 만 원 선을 약간 웃도는 금액이다. 하루 동안 마시는 커피와 디저트 비용을 아껴서 투자할 수 있는 금액이다. 비용에 비해 책이 주는 가치는 무엇과도 비교할 수 없을 정도로 크다. 이 금액으로 한 사람을 변화시킬 수도 있으며 꿈을 줄 수도 있고 새로운 정보와 지식을 전달해준다면 투자할 가치가 충분하다고 볼 수 있지 않을까?

독서를 꾸준히 하고 싶은데 할 시간이 없어요.

1. Right Now!! 미루지 말고 지금 바로 책을 편다.

– '조금 이따가 봐야지' 하면 그 시간은 그냥 지나가 버린다. 책을 펴면 어쨌든 몇 줄이라도 읽기 때문에 마음먹을 때 책을 펴보는 습관을 들여야 한다. 이때, 욕심은 금물!!

5분, 10분씩이라도 좋으니 매일 바로 책을 펴는 연습을 하자.

2. 포기할 것은 포기하자.

– 하고 싶은 것을 다 하고 책을 읽으면 좋겠지만 그러다 보면 책 읽는 시간은 영영 오지 않는다. TV 시청 시간, 친구와의 잦은 만남, 스마트폰 사용시간, 취미 생활, 잠자는 시간 등 여러 시간 중에서 포기해도 아깝지 않은 시간을 정해 그 시간에 독서를 한다.

"저는 책을 통해 자유를 얻었습니다."

PART

02

제 2 장

부모에게 더 유익한
부모독서

하루라도 젊을 때
독서로 미래를 철저히 대비하여
건강하고 행복한 노후,
제2의 새로운 삶을 사는 멋진
부모가 되길 희망한다.

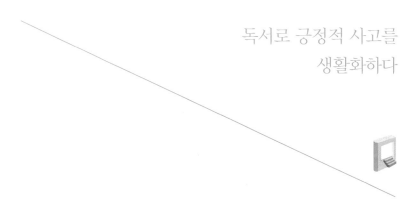

01

독서로 긍정적 사고를
생활화하다

스트레스는 모든 병의 근원이라 할 만큼 현대를 살아가는 우리에게 최고의 적이라 할 수 있다.

과도한 업무와 대인관계로 인한 걱정과 근심 등이 스트레스로 작용하게 되고 이와 더불어 부정적인 사고가 삶 전반에 확대된다. 부정적인 사고는 잠깐 떠올라도 통제되기가 쉽지 않아 계속 뇌에 영향을 주기 때문에 심할 경우 우울증으로까지 이어지기도 한다.

최근 이 우울증으로 각종 사건 사고가 끊이지 않아 심각한 사회문제로 대두되고 있다. 주변에서도 심심찮게 우울증에 걸린 이웃이나 가족들 이야기를 전해 듣기도 하는데 남의 얘기가 아닌 것 같아 걱정스럽고 마음이 무겁다.

그렇다면 마음의 병인 우울증을 치유하고 스트레스를 해소할 좋은 방법은 없을까?

2009년 영국 서섹스대학교 인지 신경 심리학과 데이비드 루이스 박사 연구팀이 음악 감상, 커피 마시기, 산책, 독서, 비디오게임 등이 스트레스 해소에 주는 영향을 측정한 연구가 있다. 그 결과 놀랍게도 독서가 스트레스를 해소하는 데 효과가 가장 높은 것으로 나타났다.

바로 6분간 책 읽기를 했을 경우 스트레스를 68% 감소시킴과 동시에 심박 수를 낮춰주고 근육을 이완시켜준다는 것이다. 산책, 음악 감상 등과 같은 다른 방법들도 물론 효과는 있었지만, 독서만큼의 효과를 주지는 못했다. 비디오게임 같은 경우는 오히려 심박 수가 증가하기도 했다.

책의 종류와는 상관없이 단지 읽는 행동만으로 이런 효과가 나타나는 이유에 대해서 루이스 박사는 독자가 작가의 상상의 세계에 빠지다 보면 현실의 걱정이나 근심에서 탈출하게 되어 자연스럽게 스트레스에서 해방되기 때문이라고 한다.

이런 연구결과만 보더라도 독서가 우리 삶에 있어 치유적 역할을 하는 것은 분명해 보인다.

한 가지 더, 독서의 치유적 역할로 긍정적인 사고도 빼놓을 수 없다.

긍정적인 사고는 베타 엔돌핀이라는 호르몬을 분비해 스트레스 해소뿐 아니라 우리 몸의 면역력을 높여주어 노화를 방지하고 기억력을 강화시키는 효과가 있다.

실제로 암 환자들에게 긍정적인 사고와 감사하는 마음을 갖도록 일정 기간 훈련을 했더니 아무런 생각도 하지 않은 경우보다 치유속도가 더 빨랐다고 한다.

긍정적 사고의 기본은 감사하는 마음이다.

사실 우리가 매일 보내고 있는 이 하루 안에 감사할 일을 찾으라면 얼마든지 있다.

의미를 부여하며 자신의 일상을 꼼꼼히 살펴보면 이 모든 것들이 감사할 일이다. 사소한 것에 감사하는 마음을 갖게 되면 긍정적 사고는 저절로 생기게 된다.

긍정적 사고는 일상에 평온함을 가져오는 효과가 있다. 뿐만 아니라 우리 삶에 위기가 올 때 더욱더 빛을 발한다.

사람마다 인생에서 오는 위기는 다양하다. 내 인생의 가장 큰 위기라고 한다면 전 장에서 밝혔듯 남편의 갑작스런 병이었다.

그리 오랜 기간이 아니었는데도 이 일은 우리 가족의 생활을 완전히 바꿔놓았다.

다니던 직장은 남편의 병간호를 위해 그만두었고, 남편이 하던 사업도 당분간은 접어야만 했다. 남편이 병원에 있는 몇 달 동안 집에 있는 아이들을 챙기랴 병간호하랴 병원과 집을 오가는 생활을 할 수밖에 없었다.

수입은 전혀 없는 데다 남편이 건강한 모습을 되찾기까지 얼마나 오래 걸릴지 모르는 상황이었다. 그럼에도 불구하고 그 당시에는 이상하리만치 크게 걱정도 되지 않았고 꼭 나을 것이라는 믿음만 강하게 자리하고 있었다.

감사하게도 남편은 피나는 재활훈련으로 건강한 생활을 되찾게 되었는데 얼마 전 남편이 이런 말을 한 적이 있었다.

"난 솔직히 당신이 그때 침착하고 담담하게 상황을 받아들이는 걸 보고 좀 놀라웠어. 힘들었을 텐데 그런 내색을 전혀 안 했으니 말이야."

내가 그랬었나? 그 당시의 기억을 더듬어 보니 열심히 남편을 간호한 것밖에 생각나지 않았다. 그리고 한 가지, 병원에 있는 동안 병원 내 책 대여 서비스를 이용한 것과 집에 있는 책들을 가져와 읽었던 게 생각났다.

틈날 때마다 잠깐씩이라도 읽었던 그때의 독서가 지친 심신을 달래주고 많은 위안을 주었으며, 평온한 마음으로 하루를 보내게 해준 힘이었다는 걸 남편의 말을 듣고서야 깨달았다.

그리고 힘든 상황이었지만 반드시 나을 거라는 믿음을 가질 수 있었던 것은 이전의 독서 생활로 단련된 긍정적 사고가 이때 십분 발휘되지 않았나 싶다.

이렇게 독서는 나를 어떠한 상황에도 쉽게 나약해지지 않는, 강하고 단단한 사람으로 만들어 주었다. 그리고 그 기저에는 긍정적 사고가 있었다.

책 속에는 나이, 성별, 국적과 상관없이 어려운 상황에 처한 사람들의 삶이 녹아들어 있다.

이걸 어떻게 견뎌냈을까 할 정도로 험난한 이들의 여정을 들여다보고 있노라면 지금 내가 처한 상황은 아무것도 아님을 깨닫게 된다. 또한 그들의 이야기에 위로받고 오히려 나의 상황을 감사하게 여긴다.

즉 독서를 통해 다른 이의 삶과 나의 삶을 비교하며 나에 대한 관찰을 함으로써 자신을 좀 더 깊이 바라보게 되고 나를 있는 모습 그대로 인정하게 된다. 그러면서 자연스레 자기성찰을 할 수 있는 기회가 주어진다. 자신의 내면을 들여다보고 탐색을 함으로써 좋은 방향으로 행동을 조절하게 되고, 심리적 안정감을 가지면서 긍정적 사고가 형성된다.

따라서 책을 꾸준히 읽으면 뇌에서 부정적 사고보다 긍정적 사고가 차지하는 비율이 높아지게 되면서 긍정적 사고의 생활화가 이루어지는 것이다.

걱정의 40%는 절대 현실로 일어나지 않는다.

걱정의 30%는 이미 일어난 일에 대한 것이다.

걱정의 22%는 사소한 고민이다.

걱정의 4%는 우리 힘으로는 어쩔 도리가 없는 일에 대한 것이다.

걱정의 4%는 우리가 바꿔놓을 수 있는 일에 대한 것이다.

〈느리게 사는 즐거움〉의 저자인 어니 J. 젤린스키가 한 말이다.

하루를 돌이켜 볼 때 우리는 엄청나게 많은 생각을 하고 지낸다.

내가 하는 생각 중 걱정이 반 이상이라면 무엇에 대한 걱정을 하고 있는지, 쓸데없는 걱정은 아닌지 구분을 해보아야 한다.

만일 우리가 바꿀 수 있는 일에 대한 걱정이라면 그에 대한 해결책은 없는지, 해결책에 다가가기 위해 나는 지금 어떤 행동을 실천하고 있는지 글로 정리를 하는 것도 도움이 된다. 글을 쓰며 생각을 가다듬다 보면 좀처럼 풀리지 않던 문제들도 어느 순간 구체적으로 해결방법이 나타나기도 한다.

그저 아무 생각 없이 하루를 의식의 흐름대로 흘러가게 둔다면 부정적 사고와 걱정이 점점 대부분의 시간을 차지하게 된다. 이는 내 안의 에너지를 낭비하는 것이므로 의도적으로라도 매일 긍정적 사고를 연습해야 한다.

긍정적 사고는 긍정적 결과를 가져온다. 그리고 이 결과는 내 주변 사람들에게도 좋은 영향을 준다. 다른 이의 감정을 이해하는 공감

능력 또한 발달 되어 원만한 대인관계를 유지 시켜준다.

평상시 긍정적 사고를 하도록 도와주는 가장 손쉬운 방법은 바로 독서다.

6분간의 짧은 책 읽기가 스트레스 해소에 도움을 준다는 연구결과에서도 나타났듯이 단 5분간의 투자가 나의 하루를 부정적인 감정에서 벗어나게 해준다면 이는 꽤나 의미있는 일이 되지 않을까 생각한다. 그러므로 아침에 일어나서 또는 잠자기 전에 잠깐씩이라도 책을 읽고 생각을 정비하는 시간을 갖기를 바란다. 잠깐의 독서가 그날 하루를 책임질 만큼의 긍정적 사고를 끌어낼 수 있으니 말이다.

게다가 책을 읽으면서 지혜와 지식이 쌓이면서 조금씩 성장하는 자신을 발견할 수 있으니 일석이조 아니 그 이상의 효과를 보게 되는 것이나 다름없다.

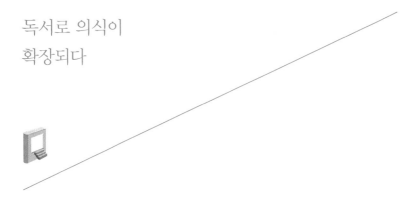

02

독서로 의식이
확장되다

서강대 철학과 교수이면서 건명원의 원장이기
도 한 최진석 교수는 한 칼럼에서 이런 글을 남겼다.

'한 사람의 삶은 전적으로 그 사람이 가진 시선의 높이에 의해 결정된
다. 사람은 자신이 가지고 있는 시선의 높이까지만 살다 간다. 문명은 사
람의 생각이 구체적으로 드러난 결과다.'

−(2018.1.9. 광주일보 최진석 칼럼 중)

그 사람이 가진 시선의 높이란 말에 깊은 공감을 느끼면서 정신이
확 들도록 반성하게 된다. 내가 가진 시선보다 더 높은 시선도 분명
히 존재할 텐데 만일 지금 이 상태에서 어떠한 노력도 하지 않고 그
저 지금 주어진 삶에 만족하다 보면 나의 생각과 의식은 그냥 그 자

리에 머물다가 삶을 마감한다는 것 아닌가? 그렇게 생각하면 슬픈 일이 아닐 수 없다.

"가장 높이 나는 새가 가장 멀리 본다."는 말이 있듯이 시선의 높이를 올리면 더 넓은 시야로 세상을 멀리 바라보게 될 것이다. 이를 경험하기 위해서는 사고의 수준을 한 단계 높일 필요가 있다. 사고의 수준을 높이는 일은 의식을 확장하면 가능한 일이다.

의식이 확장된다는 말이 다소 생소할 수 있다. 이에 대해 재능코치연구소 안상현 소장은 재미있는 예로 그 의미를 쉽게 설명했다.

그는 초보운전자를 예로 들었는데, 운전 초보인 시절에는 공통적으로 하는 행동이 있다. 양손을 핸들에 올려놓고 꼭 잡은 상태로 운전을 하는 행동이다. 이 때는 시선을 다른 곳으로 향하지 못하고 앞만 보며 가게 된다. 고개를 옆으로 돌리기 두려워서다. 한 달이 지나 운전이 익숙해지면 백미러와 사이드미러를 볼 수 있는 여유가 생긴다. 여기서 더 익숙해지면 다른 차들의 행동도 예측할 수 있고 사고를 예방할 정도의 수준까지 된다. 바로 이것이 의식이 확장됨을 말하는 것이다.

우리가 책을 읽는 이유 중의 하나는 좀 더 나은 삶을 희망하기 때문이기도 하다.

늘 같은 생각의 틀에 얽매여 매일 반복되는 똑같은 일상을 보내면서 지금과 다른 삶을 기대하기는 어렵다.

자신에게 있는 기존의 생각 울타리를 조금만 확장 시키더라도 사물을 바라보는 관점이 넓어질 뿐 아니라 가치관에 변화가 일어나기 시작한다.

　내가 생각하는 의식의 확장은 크게 두 가지 의미로 나뉜다.
　첫째, 의식의 확장은 자신의 한계를 정하지 않는 것을 의미한다. 즉, 자신이 어떤 일을 계획할 때 미리 '나는 할 수 없어. 이건 절대 할 수 없는 일이야.' 라고 생각하지 않는 것이다.
　나이를 먹을수록 우리는 스스로에게 한계를 짓는 일이 많아진다.
　경제적 여건 때문에, 가족 때문에, 직업 때문에 '나는 할 수 없다.' 라고 마음속에서 먼저 단정을 짓기 때문에 계획도 하기 전에 쉽게 포기를 하게 된다.
　1990년대 중반 '워킹 홀리데이' 라고 나라 간 협정을 맺어 만18세 부터 30세까지의 외국 젊은이들에게 1년간의 특별비자를 발급해주고 취업 자격을 주는 제도가 도입되었다.
　지금은 협정을 맺은 국가가 21개국으로 늘어 선택의 폭이 넓어졌지만, 처음에는 호주밖에 없었기 때문에 영어도 배우고, 취업해서 번 돈으로 여행을 할 수 있는 좋은 기회라고 해서 그 당시 우리나라의 많은 젊은이들이 호주로 떠났었다. 그때 내 주변에도 이 제도를 통해 해외를 다녀온 친구들이 있었는데 그 친구들의 체험담을 듣고 있으면 그렇게 부러울 수가 없었다. 나 역시 가고 싶은 마음은 굴뚝같았지만 결국엔 떠나지 못했다.

지금 생각해보면 대학 졸업하자마자 취업도 했고, 저금도 어느 정도 해놓은 상태였기 때문에 갈 수 있는 여건이 안 되었던 건 아니었다. 그럼에도 쉽게 떠나지 못했던 이유는 나 스스로 한계를 지었기 때문이다.

'가정형편도 좋지 않은데 무슨 해외를 가?' '내가 없으면 부모님이 힘드실 텐데.' 등의 생각으로 자기합리화를 한 셈이었다.

만 30세가 훌쩍 지나고 나서야 그 나잇대에서만 할 수 있는 좋은 기회였을 텐데 하는 아쉬운 마음에 두고두고 후회가 되었다.

물론 워킹 홀리데이를 다녀오지 않는다고 성공을 못 한다는 뜻은 당연히 아니다.

그 당시 해외를 가고 싶어 영어를 꾸준히 공부 중이었지만 막상 갈 기회가 있었는데도 스스로 만든 한계에 부딪혀 그 어떤 노력도 하지 않고 포기한 것에 대한 후회였다.

그래서 30대 중반 이후 이루어진 습관적인 독서는 나를 행동하는 사람으로 바꾸어 주었다.

어떤 일을 계획할 때 한계를 정하지 않으려 노력하자 예전처럼 해보지도 않고 포기하는 실수를 범하는 일은 줄어들었다.

독서는 한계를 극복할 수 있는 힘을 준다.

책을 읽는 동안 저자나 주인공의 입장이 되어 그들과 동일시하는 경험이 반복되면 마음속에서 나도 할 수 있다는 자신감과 미래에 대한 희망이 보이기 시작한다. 이는 더 넓은 관점으로 세상을 바라보게 하고, 통찰력으로 선택의 기로에 있을 때 집중하여 올바른 결정을 하도록 이끈다.

둘째, 의식의 확장은 내 안에 잠자고 있던 잠재의식을 깨우는 것이기도 하다.

〈잠재의식의 힘〉의 저자 조셉 머피는 "당신의 습관적 사고와 상상이 인간의 운명을 형성하고 만들어낸다." " 습관적으로 하는 위대한 생각은 위대한 행동이 된다."라고 잠재의식은 습관적인 생각에서 비롯됨을 알렸다.

예전엔 하루를 피곤함의 연속이라 생각했었다.

아침에 부랴부랴 일어나 가족들 챙기고, 직장에서 바쁜 하루를 보낸 후 무거운 몸이 되어 집에 돌아와 다시 집안일을 하고. 그렇게 하루의 끝자락에 서 있으면 피곤함이 밀려와 그대로 잠든 날이 많았다.

매일 하루가 쳇바퀴처럼 반복되던 어느 날, 문득 내 삶이 정체되어 있다는 느낌을 지울 수가 없었다. 하루 중 나의 미래나 삶에 대해 깊이 생각하는 시간이 거의 없었던 것이다.

변화가 필요했다.

그래서 아침에 조금 일찍 일어났을 때나 잠자리에 들기 전에 잠깐이라도 시간을 내어 책을 읽기 시작했다. 그렇게 책을 읽기 시작하자 도움이 되는 책들이 눈에 들어왔다.

책은 하루를 활기차게 보내도록 힘을 주기도 했고, 하루를 건강하게 마무리하도록 돕기도 했다. 짧은 시간을 읽지만 그럼에도 책이 주는 울림은 선명했다.

독서를 하고 나면 그 내용에 대해 생각하는 시간, 즉 사색의 시간을 잠깐이라도 갖게 된다.

사색을 통해 내 안의 잠재의식은 긍정적인 방향으로 흘러가게 되고 내가 원하는 미래로 한 발짝 다가가는 경험을 할 수 있다.

책은 그렇게 내가 미처 의식하지 못하던 부분까지 생각하게끔 이끈다.

변화심리학 분야의 최고 권위자인 토니 로빈스는 〈네 안에 잠든 거인을 깨워라〉에서 다음과 같이 전했다.

"내 안의 거인은 결단을 통해서만 깨어난다." 여기서 말하는 거인은 잠재의식을 말한다.

잠재의식이라는 거인을 깨우기 위해선 결단을 하고, 행동으로 실천에 옮겨야 한다.

의식을 확장 시켜 한계를 잊고 싶다면, 그리고 내 안에 잠들어 있는 무한한 힘인 잠재의식이라는 거인을 깨우고 싶다면 독서를 생활화해보자. 삶이 훨씬 풍요로워질 것이다.

반복적인 독서는 끊임없이 사색의 시간을 마련해주고, 깊이 있는 사색은 나의 잠재의식을 긍정적인 사고로 이끌어 현재의 나를 한 단계 업그레이드를 시켜준다.

저자의 가치관이 나의 가치관으로 흡수되는 순간 내 삶의 가치관은 더욱더 풍부해지고 넓어진다.

의식이 확장되어 우물 안 개구리에서 벗어남을 경험하면 이전엔 접할 수 없었던 멋지고 행복한 세계가 당신을 기다릴 것이다.

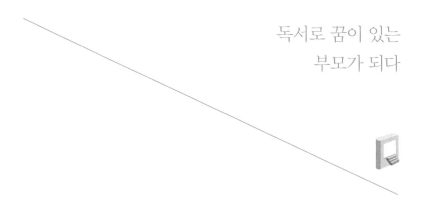

독서로 꿈이 있는
부모가 되다

보통 부모가 되면 나보다 자녀의 미래에 초점
이 맞춰지고 모든 것이 자녀 중심으로 생활이 이루어지게 된다. 때
문에 육아를 하는 동안에는 자신의 꿈을 잠시 미뤄두거나 잊게 되는
경우가 많다. 또 꿈이 있어도 빠듯한 살림에 나에 대한 투자가 왠지
사치로 느껴지고 자녀에게 죄책감이 든다는 부모도 있었다.

그래서 간혹 자녀에게 올인하는 부모 중 자녀의 꿈을 본인의 꿈으
로 착각하여 동일시하기도 한다. 이럴 경우 자녀가 성인이 되어 부
모에게서 독립하게 되면 부모의 허탈감은 커질 수밖에 없다. 반대로
성인이 되어서도 부모의 그늘 밑에서 머무려고만 하는 자녀도 있어
이는 여러 가지 면에서 좋은 영향을 주지는 못한다.

사춘기 아들을 둔 친한 언니가 있었다. 공부를 곧잘 하던 아들이

고등학교 들어오면서 급격히 공부에 관심을 잃자 속상한 마음에 아들에게 이렇게 이야기했다고 한다.

"엄마는 네가 옛날처럼 혼자 알아서 공부하는 모습을 보여주면 정말 행복할 것 같아."라고 했더니 아들이 정색하며 "엄마 행복을 왜 저한테서 찾으려고 하세요? 엄마 행복은 엄마가 찾으세요."라고 하더란다. 예상치도 않았던 아들의 대답에 당황한 언니는 할 말을 잃었다고 한다.

냉정하게 생각하면 너무나 정확한 말이다. 부모의 행복이 아이의 행복이 될 수 없는 것처럼, 부모의 꿈이 아이의 꿈이 될 수는 없다.

이렇게 자녀를 키우다 보면 어느새 시간은 흐르고 나의 꿈은 점점 먼 기억 속으로 사라져 버리게 된다. 아니, 어떤 이들은 중장년의 나이에 자녀들도 많이 컸는데 굳이 꿈을 가질 필요성을 느끼지 못해서 꿈이 없다고 하기도 한다.

그러나 이제는 나이와 상관없이 부모인 우리도 꿈을 가져야 한다.

꿈을 가진 사람과 그렇지 않은 사람은 삶의 태도에 있어서 차이가 있고, 그 차이는 시간이 지날수록 점점 커지기 때문이다.

"하루하루 먹고살기도 바쁜데 꼭 꿈이 있어야 하나요? 열심히만 살면 되죠."라고 얘기할 수도 있다.

꿈을 가진 사람과 그렇지 않은 사람은 하루를 받아들이는 자세부터 다르다.

꿈을 가진 사람은 하루하루가 너무나도 소중하다. 젊을 때보다 받아들이는 시간의 소중함이 훨씬 크기에 꿈을 이루기 위해 24시간을 철저하게 계획하며 보내게 된다.

이들에게 하루라는 시간은 마지못해 일하고 퇴근해서 자신의 즐거움과 휴식을 위해 흘려보내는 그런 시간이 아니라, 효율적으로 일을 마무리하고 꿈을 위해 투자하는 시간이다.

미래의 꿈을 완성하기 위해 현재의 달콤한 휴식과 즐거움을 과감히 포기한 것이다.

인내심을 갖고 하루하루를 꿈을 위해 사는 사람들과 꿈이 없는 사람을 비교할 때 삶의 질에서 차이가 나는 것은 어쩔 수 없다.

독서는 삶에 있어 잊고 있었던 꿈을 다시 꾸게 해주는 힘이 있다. 그리고 내 인생을 바꿔줄 중요한 열쇠가 되기도 한다.

서점에 나가 시중에 나와 있는 책을 살펴보더라도 독서로 성공한 인생을 사는 사람들의 책이 무수히 많다.

또한 독서로 인생이 바뀌었다는 사람을 언론이나 각종 매체에서 많이 봤을 것이다.

그 대표적인 인물로 미국의 〈오프라 윈프리쇼〉 토크쇼 진행자였던 오프라 윈프리를 꼽을 수 있다.

미국에서 가장 성공한 여성 중 한 명이자 영향력 있는 인물, 오프라 윈프리.

그녀의 어릴 적 삶은 결코 순탄치 않았다.

불우한 환경에서 자란데다 9세부터 수년간 성폭력을 당하고 미숙아를 조산. 게다가 마약 중독까지 어린 여자아이가 겪기에는 끔찍한 일들의 연속이었다.

그렇게 어려운 시절을 극복할 수 있었던 이유는 14살 이후 함께 살게 된 그의 아버지와 새어머니의 영향이 컸다. 그들은 오프라에게 한 달에 네다섯 권의 책을 읽고 독후감을 쓰도록 했다. 이는 오프라의 어휘력과 글쓰기실력을 향상시켜 주었을 뿐만 아니라 내면의 상처를 치유해 주었다. 책 속에서 자신과 비슷한 불행을 겪은 사람들이 행복을 찾는 과정에서 희망을 찾고 나아가 다른 사람의 감정을 이해하고 공감하는 능력이 생긴 것이다. 점점 공부에 자신감이 붙은 그녀는 밝은 성격을 되찾고 자신감 있는 사람으로 변화되어 지금 우리가 알고 있는 모습이 되었다고 한다.

그렇게 독서의 가치를 아는 그녀는 20년 넘게 '북클럽'을 운영할 뿐만 아니라 도서관에 많은 기부를 하기도 한다.

오프라 윈프리는 "저는 책을 통해 자유를 얻었습니다."라고 당당히 말하며 그녀를 올바른 길로 인도한 것은 바로 독서라고 밝혔다. 지금도 그녀는 여러 방법을 통해 독서의 영향력을 지속적으로 널리

알리고 있다.

　수 년 전 내 꿈은 책과 관련된 일을 하는 것이었다. 뒤늦게 독서의 가치와 중요성을 알게 된 후 독서가 삶을 바꿀 수 있다는 확신이 들면서 생긴 꿈이다.

　오랜 기간 동안 유치원생부터 초등학생까지 그 친구들과 함께 하는 것이 즐거워 교육계에서 꾸준히 일을 했었다. 주로 교과학습과 관련된 교육을 해왔는데 시간이 흐르면서 이왕이면 아이들에게 책 읽기의 즐거움을 전하는 일을 하고 싶었다. 그래서 책을 선정하고 자료를 만들며 조금씩 준비했다. 그러자 진짜 논술 강사가 되어 아이들과 책을 읽고 생각하고 토론하는 일을 하게 되었다.

　원하는 일을 하게 되니 보람되고 즐거울 수밖에 없다.

　이제는 더 나아가 독서전도사가 되어 독서 하는 부모의 수가 늘어나도록, 독서로 변화된 삶을 경험하도록 돕고 싶다. 더 나아가 자녀들에게까지 좋은 영향을 주어 건강한 가정으로 이끄는 역할을 하고 싶다. 그 소망이 더욱 확실해져 이 책을 쓰게끔 했는지도 모른다.

　"꿈은 상위 1%에게만 허락된 특권이 아니다. 잘난 사람만 꿈을 이루는 것도, 젊은 사람만 꿈을 갖는 것도 아니다. 늦었다고 생각될수록, 꿈을 이루기 위한 환경이 열악하다고 느낄수록, 그럴수록 더더욱 당신의 꿈을 켜라. 꿈의 스위치를 켜는 순간, 진리의 빛이 당신을 자유롭게 하리라."

-〈드림온〉, 김미경

현재 당신의 꿈은 무엇인가? 가슴 속에 고이 간직해둔, 그동안 미루거나 포기했던 꿈은 없는가?

독서는 잊었던 꿈을 되살려 주기도 하고 이를 이루기 위해 노력하는 순간부터는 포기하지 않도록 도와주는 지원자 역할을 톡톡히 해낸다.

어렵게 꿈을 가진 것에 비해 여러 가지 주변 상황과 타협하다 보면 포기하고 좌절하는 단계는 빨리 온다. 포기 먼저 하기 전에 책을 읽으면 흐트러진 마음을 다시 한번 다잡을 수 있고, 어렵게 행동으로 하나하나 옮길 때 지치지 않도록 독서가 끊임없이 동기부여를 해준다.

꿈을 이룬다는 것은 매일매일 작은 행동을 습관으로 만들어 실천하는 일이다.

꿈을 찾고 그 꿈을 이루기 위해 달려가는 이 과정에 독서가 함께하면 마음의 무게감은 덜어주고, 의욕을 잃지 않게끔 도와주어 꿈을 이루는 기쁨과 성취감을 조금 더 일찍 만끽하게 해준다.

어제보다 나은 나를 위해서는 어제와는 다른 하루를 보내야 함을 명심하자.

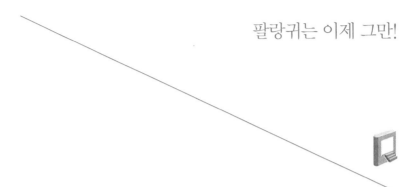

팔랑귀는 이제 그만!

아기가 세상에 나오기 전부터 부모들은 여러 유혹을 마주하게 된다.

요즘은 산후조리원 동기라고 비슷한 시기에 아기를 낳아 산후조리원에서 만난 엄마들끼리 모임이 형성되면서 아기들 교육에 필요한 정보를 공유하며 끈끈한 관계가 유지된다고 한다.

이때부터 엄마들은 다른 엄마들의 양육방식과 자신의 방식을 비교하며 흔들리기 시작한다. 한 해 두 해 아기가 자랄수록 접하게 되는 정보량만큼 고민은 더 깊어진다.

과연 지금 내가 아이를 잘 키우고 있는 것인지 의구심이 들어 불안한 마음을 가질 때가 한두 번이 아니다. 그런 불안한 부모들의 마음을 잘 아는 상업 업체들은 이 교육, 이 전집이 아니면 내 아이만 낙

오된다고, 지금 당장 구입하거나 가르쳐야 한다고 재촉한다.

아기가 태어난 지 얼마 안 돼서 동화전집을 비싼 가격에 구입하는 분들을 주변에서 여러 번 본 적이 있다.

이들은 대부분 판매하시는 분들을 통해 구입을 했다고 밝혔다. 책은 아기 때부터 엄마가 읽어주면 좋다고, 지금 사야 더 저렴한 가격에 구입하는 거라면서 마치 안 사면 내 아이만 뒤처진다고 겁을 주기에 무언가에 쫓기듯 사게 되었다는 것이다.

이 책들을 자녀에게 매일 읽어주고 잘 활용하면 책값이 아깝지 않을 것이다. 그러나 간혹 너무 갓난아기 때 글밥이 많은 책을 사는 바람에 자녀가 그 책을 읽기까지 5, 6년을 기다려야 했다고 한다. 그마저도 아이가 좋아하면 다행이지만 그렇지 않으면 전시용 책으로 전락하고 만다.

아이가 커서 유치원생이 되면 그 때부턴 조금씩 주변 사람들의 간섭이 시작된다. 수학, 영어는 기본에 피아노, 태권도, 미술, 심지어 줄넘기까지 다녀야 할 학원은 많다고 한다.

이렇게 주변 사람들 말에만 귀를 기울이다 보면 아이의 성향과는 상관없이 이리저리 휩쓸리게 된다.

그러므로 부모가 자신만의 확고한 교육철학을 가지고 있어야 한다. 그러기 위해선 본인이 지향하는 교육관이나 육아법이 무엇인지 생각해 본 후 독서를 통해 아이에게 맞는 최선의 교육방법을 찾아야 한다.

독서는 올바른 교육의 방향을 알려주는 나침반과 같은 역할을 한다.

부모의 욕심이 과할 때는 그 욕심을 덜어주고, 아이보다 보폭이 빨라 먼저 앞장서려 할 땐 아이와 발맞추어 가도록 조절해 준다.

아이들이 초등학교 저학년이던 시절, 친목 모임에서 각자 자녀들의 이야기가 나왔다.

어떤 영어학원이 좋고, 수학은 이런 학원이 좋다며 서로의 학원에 비교할 무렵 이야기 차례가 내가 되었을 때 친구들이 물어보았다.

"넌 지금 무슨 학원 보내니?" "응? 나 아직은 학원 안 보내는데?"

"영어도 아직 안 해?" "응." "그럼 피아노나 다른 악기 배우는 것도?" "응."

그러자 한 친구가 심각하게 걱정하는 표정으로 말했다. "너 어떡하려고 그래~~. 얼른 하나라도 보내야지."

학원은 아직 시기상조라 생각하긴 했지만 그렇다고 뚜렷한 교육관이나 특별한 계획을 갖고 있진 않았기 때문에 측은하게 바라보던 친구의 말에 자신 있게 "난 말이야. 이러저러해서 학원을 보내지 않는 거고 내 아이에게는 지금이 좋아."라고 딱 부러지게 말하지 못했다.

오히려 내 마음만 동요되어 "지금이라도 학원을 보내야 하나?"라는 생각에 사로잡히게 되었다.

그래서 집에 오자마자 남자 아이들이라도 악기 하나씩 다루었으면 하는 마음에 넌지시 의향을 물어보았다.

"얘들아, 피아노 배워보는 거 어때? 아님 기타나 바이올린. 멋지지 않니?"

하지만 돌아오는 대답을 늘 같았다. "아니요. 재미없어요."

굳이 재미없다는 아이들을 억지로 데려갈 수는 없는 노릇이라 깨끗이 잊어버리고 있을 무렵 기회는 우연히 찾아왔다.

학교발표회 때 한 고학년 남자아이가 피아노 연주를 멋지게 소화하는 모습을 본 작은아이가 집에 오더니 "엄마, 저 피아노 배울래요."라고 하는 것이다. 그렇게 아이가 배우려는 의지가 가득할 때 학원을 보냈더니 어릴 때부터 다니던 아이들보다 실력이 더 금방 늘었다.

무엇이든지 아이가 원할 때 해야 효과도 배로 나타난다는 것을 그때 작은 아이의 모습을 보고 처음 깨달았다.

〈스스로 공부하는 아이의 부모는 무엇이 달랐을까?〉의 저자 이지원은 부모가 불안한 마음을 가지면 아이에게 혼란을 주고, 혼란이 불안감으로 바뀐다고 한다. 그러니 아이가 스스로 하려는 마음을 가질 때까지 기다려 주고, 아이의 성향에 맞는 방법을 찾으라고 조언한다.

아이를 키우면서 얻게 된 소중한 경험들, 그리고 꾸준히 교육 관련 도서를 읽음으로써 터득하게 된 지식과 지혜들로 조금씩 나만의 교육관을 만들어 나갔다.

그 의미는 다른 사람의 이야기에 무조건 혹하고 넘어가지 않고 천천히 내 생각과 비교할 수 있는 인내심과 판단력이 생겼다는 뜻이지, 남에게 자랑할 만한 교육방식을 갖게 되었다는 게 아니다.

고등학생 아이를 키우고 있음에도 난 아직도 아이 교육에 많은 시행착오를 겪고 있다.

물론 내가 가치 있다고 여겼던 교육관 때문에 후회한 적도 있다.

하지만 전에는 옳다고 생각했던 것들이 시간이 흐른 뒤에 다시 생각해보니 잘못되었음을 알게 되었을 때 그것을 빠르게 인정하는 것 또한 중요한 배움 중의 하나라고 본다.

그래서 지금도 수정할 부분은 수정해 나가며 내 아이들에게 맞는 교육관을 찾기 위해 노력하고 있다.

결국 내 아이를 가장 잘 아는 사람은 부모이고 아이를 키우는 역할을 하는 것 또한 부모다. 부모가 자녀에게 맞는 교육관을 가지고 있어야 주변 사람들의 말에 흔들리지 않고 자녀를 키울 수 있다.

그렇다면 올바른 교육관을 가지기 위해 부모는 어떤 노력을 해야 할까?

먼저 교육전문가의 강연이나 세미나 참석을 하는 방법이 있다. 이는 부모의 역할을 배우고 올바른 교육관을 갖는 데 많은 도움을 준다. 교육도 여러 가지로 세분화 되어 있어서 자녀의 취향, 추구하는 교육방식에 맞게 선택해서 참석할 수 있다. 그러나 맞벌이를 하는 부모에게는 이런 행사에 참여하는 것이 쉽지 않을뿐더러 내가 원하는 부분의 강연이 이루어지지 않을 수도 있다.

그래서 부족한 부분을 인터넷에서 찾기도 한다. 많은 전문가와 저자들의 강연을 동영상으로 볼 수 있어서 직접 가는 것에 비할 바 아니지만, 그에 못지않은 효과를 누릴 수 있다. 또한 이동시간을 아끼고, 원하는 강연을 언제 어디서든지 반복해서 볼 수 있다는 장점 때문에 많은 부모들이 아주 유익하게 활용하고 있다.

다만 강연이나 동영상은 시간이 한정되어 있다. 정해진 시간에 전문가들이 전하고자 하는 바를 다 전할 수는 없다. 그래서 대부분의 전문가들이 책을 통해 전하고자 하는 교육철학이나 가치관 등 하고 싶은 이야기를 심도 있게 풀어낸다. 그러므로 유독 자신에게 맞는 교육가나 전문가가 있다면 그들의 책을 읽어보는 것이 좋다.

그리고 오래전 선인들로부터 배우는 교육철학은 책을 통해서만이 알 수 있으며 그 깊이를 이해할 수 있다. 세계 여러 나라의 많은 지식인을 쉽게 접하는 방법 또한 독서만 한 게 없다.

독서는 언제 어디서나 내가 원하는 때에 국적에 상관없이 각 분야의 전문가에게 전문적인 부모교육을 받는 효과를 누릴 수 있게 해준다. 그리고 아이를 먼저 키워본 선배 부모들의 다양한 실패담과 성공담을 간접적으로도 경험하게 되니 시행착오를 줄이는 효과도 볼 수 있다.

때문에 무엇보다 자신이 교육에서 가치 있게 생각하는 부분을 중점적으로 다룬 책들을 많이 읽고 생각하는 시간을 가져야 한다. 그러다 보면 어느새 부모로서 한 단계 성장하고 달라진 자신의 모습을 느낄 수 있을 것이다.

더 이상 남의 말에 흔들리지 않는 부모가 되자.

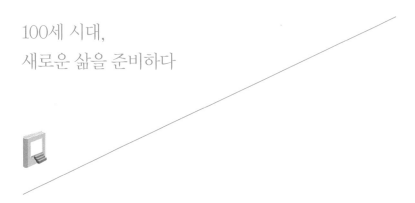

05

100세 시대,
새로운 삶을 준비하다

바야흐로 100세 시대로 접어들었다.

의학기술과 개인 및 공중위생의 발달, 과학기술의 발달 등으로 인해 평균수명은 점점 늘어나고 있다.

한국인의 평균기대수명은 2018년 출생아를 기준으로 82.7세라고 한다. 사람들은 건강하고 행복한 노후를 꿈꾸며 이를 위해 다방면으로 많은 노력을 기울인다.

주위를 둘러보면 확실히 예전과는 다르게 연세 있는 분들이 나이를 가늠할 수 없을 정도로 건강한 젊음을 유지한다. 그래서 70대는 이제 노인이라 부르기에 애매할 정도로 많은 어르신들이 곳곳에서 왕성하게 사회활동을 하고 있다.

사람들의 인식도 많이 바뀌어서 퇴직 후 직업이 없다고 집안에만 있는 것이 아니라 다양한 취미 활동을 하거나 제2의 직업을 갖고자 고군분투하시는 분들도 적지 않다.

앞으로 시간이 지날수록 건강만 허락한다면 나이로 인한 한계에 부딪혀서 하지 못할 일은 없을 것으로 보인다. 그러므로 여유롭고 성공적인 노후를 위해 지금부터라도 꾸준히 미래를 위한 준비를 해야 한다.

어떻게 미래를 준비할지 막막하다면 인생 후반기에 성공한 이들의 삶을 들여다보고 그들에게 배울 점을 찾아 내 삶에 적용해보는 것도 한 방법이다.

당대 문단의 최고봉이라 칭송받았던 조선시대의 문인 김득신은 59세에 과거에 급제하여 80세가 넘도록 수많은 명시를 남겼고, 남북전쟁의 승리로 노예제도 폐지를 이끌어낸 미국 16대 대통령 링컨도 37세에 처음 하원의원에 당선되어 56세에 대통령이 되었다.

모나리자, 최후의 만찬 등 수많은 명화를 남긴 화가이자 건축가, 발명가, 공학자 등 다방면에서 뛰어난 업적을 남긴 르네상스 시대의 천재 레오나르도 다빈치도 30대 후반에 이르러서야 성공한 화가로 이름을 날리기 시작했다.

평균수명이 높지 않았던 당시 남들보다 늦은 나이에 이들이 성공할 수 있었던 이유는 바로 엄청난 양의 독서를 했기 때문이다.

그렇다면 독서는 이들의 삶에 과연 어떤 영향을 주었을까?

무엇보다 독서는 배움의 열정을 식지 않게 해 준다.

배움을 갈구하는 사람에게는 삶의 목적이 분명하기 때문에 나이를 잊을 만큼 에너지가 넘친다.

중년에 이미 독서로 배움의 중요성을 깨달은 사람은 노년이 되어선 더욱 배워야 할 게 많아 심심할 틈이 없다. 시간의 소중함을 누구보다 잘 알기 때문이다.

60대 중반인 한 지인 분은 젊은 시절 꾸준히 독서를 해 온 덕에 자신이 어떤 분야에 관심이 있는지 잘 알 수 있었다. 그래서 오랜 직장생활을 마치고 퇴직을 한 후에는 곧바로 평소 원했던 분야를 더 깊이 공부하고자 대학원에 입학하셔서 현재 박사학위까지 취득하셨다.

놀라운 것은 교통사고 후유증으로 오랫동안 걷고 앉아 있는 것이 힘든 상태임에도 불구하고 재활치료를 병행하며 학업을 중단하지 않았다는 것이다. 가족의 심한 반대와 힘든 건강상태도 그분의 열정을 꺾지는 못했다.

배움에는 나이나 주변 환경과는 상관이 없음을, 자신의 의지와 열정만 있으면 충분히 가능하다는 것을 그분을 통해 배울 수 있었다.

책은 끊임없이 무언가를 배울 수 있게 하는 자양분과 같은 존재다.

어느 한 가지 분야의 책을 읽게 되면 꼬리에 꼬리를 물고 다른 책들을 읽게 하는 힘이 있다. 배우고자 하는 마음과 목적의식만 있다면 독서는 배움의 즐거움을 2배 아니 그 이상이 되게 해 줄 것이다.

그리고 독서는 지금의 삶에서 업그레이드된 새로운 삶을 설계해 준다.

새로운 삶의 기준이 행복, 건강, 부, 명예 등 사람마다 다르겠지만 각자 원하는 기준에서 삶을 충족시키는데 독서가 빠지지는 않는다.

한 예로 영어독서만 꾸준히 하더라도 삶의 질이 달라질 수 있다.

한국인에게 영어란 평생의 숙제이자 넘어야 할 산이다. 2019년에 조사한 '2018년 영어 사교육비'가 5조 7천억 원 이상이라고 하니 전 국민의 영어에 대한 관심도가 얼마나 높은지 알 수 있다.

예전에는 취업이나 진급을 목표로 영어를 공부했다면 요즘엔 해외로 여행하는 사람들도 급속히 늘어나 외국인을 만나거나 영어를 사용할 기회도 전보다 더 많아져 영어에 대한 관심도 연령과 상관없이 높아졌다. 그리고 배우려는 의지만 있다면 각종 매체를 통해 영어를 배울 수 있는 환경은 아주 좋다고 본다.

물론 각종 미디어와 스마트폰 등을 통해 영어를 배우는 것도 좋지만 영어독서는 그 나라의 문화뿐 아니라 어휘력, 독해력, 작문 등 전반적인 영어 실력을 키우는 데 도움을 준다.

굳이 문법을 따로 배우지 않아도 영어 원서를 읽음으로써 자연스럽게 습득이 가능하다.

때문에 많은 영어 전문가들은 영어독서의 중요성을 강조한다.

이천에서 십여 년 이상 어학원을 운영하고 있는 친구가 있다. 이 친구는 학생 때는 다른 어떤 과목보다 영어를 어려워했다. 그럼에도 포기하지 않고 꾸준히 영어책 읽는 것을 게을리하지 않았다. 대학을 졸업하고 결혼 후 새로운 직업을 갖고자 아이들을 키우며 테솔 자격증을 취득한 뒤 영어독서로 밤새우는 날이 많았다고 한다. 처음엔 무슨 말인지 도통 알 수 없었는데 어느 순간 내용을 이해하며 읽고 있는 자신을 발견하는 순간 책이 더욱 재미있어 지더란다. 아이 둘을 키우고 낮에는 일을 하는 피곤한 일상이었음에도 시간 가는 줄 모르고 영어독서에 빠졌던 친구는 이제는 강의도 여러 곳 나가면서 어엿하게 자신만의 학원을 운영할 정도의 영어전문가가 되었다.

하지만 아직도 '나는 뇌가 굳어서 단어가 안 외워져.' '지금 이 나이에 무슨 외국어야.' 라며 늦었다고 생각하는가?

바버라 브래들리 해거티의 〈인생의 재발견〉에 흥미로운 연구내용이 나온다.

영국의 연구자들이 성인이 된 후 제2외국어를 배운 사람들을 연구해 보니 IQ가 높아지고 뇌의 노화 속도가 느려졌다고 한다. 그리고 아는 언어가 많을수록 새로운 언어를 쉽게 받아들인다고 하는데, 어린 아이들보다 어휘력이 좋은 성인이 외국어를 받아들이는데 유리한 측면도 있다. 그러니 겁먹지 말고 아주 쉬운 책부터 차근차근 도전해 나간다면 수개월 뒤 영어책을 우리말처럼 쉽게 읽고 있는 자신을 발견하게 될지 모른다.

현재 경제전문가, 강연가로 거듭난 〈아이 셋 엄마의 돈 되는 독서〉의 김유라 저자나 1일 1책 읽기로 연봉 1억을 만들어낸 〈일천권 독서법〉의 전안나 저자, 책과 독서토론으로 인생이 바뀐 분들의 이야기인 〈책으로 다시 살다〉에 등장하는 25분 모두 우리 옆집에 사는 평범한 이웃들이 독서로 새로운 인생을 맞이한 경우다.

누구나 한 번 사는 인생, 가슴 뛰는 삶을 소망하리라고 본다.

나 같은 경우엔 특히 독서로 제2의 인생을 시작한 사람들을 보면 더더욱 그러하다.

그래서 그들의 책을 읽고 행동과 습관을 배우고자 부단히 노력 중이다.

독서는 삶을 변화시키는데 가장 돈이 적게 들뿐만 아니라 탁월한 효과를 안겨준다.

가성비가 좋아도 이렇게 좋을 수 없다.

삶의 변화를 원하는가? 그럼 목적을 갖고 책을 읽어보기 바란다.

배우고 싶은 분야를 열정적으로 파고들어 자신의 인생에 어떻게 활용할지 깊이 생각하고 깨달은 후 행동으로 옮기면 된다.

그리고 결정적인 한 가지, 새로운 인생이라는 말 안에는 노력이라는 단어가 내포되어 있음을 잊으면 안 된다. 읽기만 하는 독서는 소용이 없다는 뜻이다.

책에서 배운 부분을 하나라도 실천하려고 노력을 해야 발전하고 있는 자신의 모습을 발견할 수 있는 것이다.

하루라도 젊을 때 독서로 미래를 철저히 대비하여 건강하고 행복한 노후, 제2의 새로운 삶을 사는 멋진 부모가 되길 희망한다.

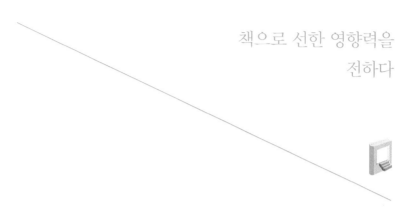

06

책으로 선한 영향력을
전하다

예전에 친구가 겪은 이야기다.

친구네 집으로 옆집에 사는 아기엄마가 한동안 거의 매일 놀러 왔다고 한다. 처음에는 친구도 심심하지 않고 말동무가 생겨서 좋아했는데 3주가 지날 무렵이 되자 너무 피곤하고 지쳐서 아기엄마와의 약속을 자꾸 미루게 되더라는 것이다.

이유인즉슨 아기엄마가 집에 앉자마자 자신의 넋두리를 두 시간 내내 하길래 측은한 마음에 '그동안 아기 키우면서 많이 힘들었나 보다. 어디 이야기할 곳도 마땅치 않으니 마음을 풀어야지'란 생각이 들어 잘 들어주었단다. 그런데 그게 아니었다고.

이야기의 주제는 매번 바뀌었지만 그럴 때마다 이건 이래서 힘들고, 저건 저래서 속상하고 계속해서 힘든 얘기만 듣고 있자니 친구

기분 또한 점점 안 좋아지고 기운도 없어져서 하루 종일 마음이 우울해진다는 것이다.

좋은 이야기도 아니고 우울한 이야기를 매일 2시간 이상 듣는데 친구가 부정적인 감정에 휩싸이는 건 어쩌면 당연한 결과인지도 모른다.

그러므로 자신이 혹시 긍정적인 사람인지 부정적인 사람인지, 나또한 다른 사람에게 부정적인 감정을 전달한 것은 아닌지 스스로 되짚어 볼 필요가 있다.

이처럼 생활 속에서 우리는 알게 모르게 다른 사람들에게 영향을 받기도 하고 주기도 한다.

최근 몇 년간 연예계나 유명인들이 '선한 영향력'이라는 말을 자주 사용했었다.

종교적인 언어로 여겨졌던 이 단어가 우리 주변에서도 심심치 않게 들을 수 있을 만큼 낯설지 않게 되었다.

선한 영향력이란 어느 특정인의 한 행동이 다른 누군가에게 긍정적인 영향을 주는 것을 말한다. 선한 영향력은 친절, 이해, 관용, 배려와 같은 선하고 따뜻한 마음이 타인에게 고스란히 전달되어 타인의 생각이나 행동을 변화시키기도 한다.

이는 책이 주는 효과와 같다는 생각이 든다.

앞서 강조했듯이 독서는 우선 나 자신을 변화시킨다. 긍정적이고, 의식이 확장되고, 꿈이 있는 사람으로 만들어 주기 때문에 변화에 유연하게 대처할 수 있고 무엇보다 열린 마인드를 갖게 된다.

이런 마음가짐을 가진 사람에겐 나이와 상관없이 주변에 좋은 사람이 넘쳐난다.

그리고 다른 사람을 변화시키는 데 일조하기도 한다.

몇 년 전 한 동호회에서 두 명의 친구를 알게 되었다. 한 친구는 알고 보니 자녀들끼리도 서로 친구인 데다 집도 가까워서 대화할 기회가 자주 생겼고 지금은 서로에게 긍정적인 영향을 주는 막역한 사이가 되었다. 무엇보다 급속도로 친해진 계기가 있었는데 바로 독서였다.

대화를 나누던 중 책 이야기가 자연스레 나오면서 서로 비슷한 부류의 책을 좋아한다는 것을 알게 되었다. 그래서일까? 삶을 대하는 자세와 마인드가 무척이나 닮아있음을 느꼈고 서로 통하는 부분도 많아 이야기를 나누면 시간 가는 줄 모르게 된다.

아이가 셋인 워킹맘이었던 다른 한 친구는 누구보다 바쁜 하루를 보내고 있었기 때문에 책과 담쌓은 지 오래되었다고 했다. 하지만 책을 좋아했던 우리 두 사람이 오랜 기간 독서를 권유하고 책에서 나온 좋은 내용들을 얘기해 주었더니 어떤 책을 읽어야 할지 물어보며 조금씩 관심을 갖기 시작했다. 우리는 그 친구가 좋아하는 분야의 읽기 편한 책을 권장해주었고, 친구는 없는 시간을 쪼개어가며 책을 접하게 되었다. 이런 친구의 노력으로 서로 읽은 책을 공유하고, 독서모임도 같이 하다 보니 이제는 우리 둘보다 더 열성적으로 책을 읽고 내용을 이야기해 줄 정도로 책을 좋아하게 되었다.

이것이 바로 선한 영향력이 아닐까 싶다.

나는 단지 내 친구 한 명만 독서의 길로 안내했지만, 친구의 남편은 물론 세 자녀에게까지 그 효과가 나타나기 시작했다. 엄마가 스마트폰과 TV를 멀리하고 책을 가까이하자 초등학생 자녀들이 엄마 옆으로 각자 읽을 책을 가져와 읽더라는 것이다. 그렇게 책을 읽으라고 해도 잘 안 읽던 녀석들이 엄마의 변화된 행동으로 평일 저녁 시간이 자연스럽게 독서시간으로 바뀌었다며 친구는 즐거워했다.

우리가 잘 아는 성공한 사람들 중 대부분이 많은 양의 독서를 해온 것은 분명하다.

하지만 독서를 많이 하고 성공한 사람이라고 해서 모두가 선한 영향력을 끼치지는 않는다.

아무리 사회에 뛰어난 업적을 남기고 독서를 많이 했더라도 평소 행실이 좋지 않다면 존경받을 수 없다.

독서로 성공해서 선한 영향력을 끼치는 사람들에겐 공통점이 있다.

바로 타인을 존중할 줄 아는 마음이다. 자신의 행동을 자랑하거나 자만하지 않고 오히려 그 공을 주변의 다른 이들에게 넘긴다. 늘 겸손함과 경청하는 태도가 몸에 배어 있다.

그리고 독서를 하는 사람에겐 꿈이 있다. 꿈이 있기 때문에 삶에 항상 적극적이며 열정적이다. 이런 모습은 그 사람의 말과 행동을 접해 온 이들이라면 충분히 느낄 수 있는 부분이기에 가족과 타인에게 좋은 영향을 준다.

가끔 가까운 친구들이나 가족들이 나에게 묻는다. 어떻게 그렇게 항상 새로운 것을 배우고자 하는 열의가 많으냐고, 그 나이에 지치지도 않느냐고.

그럼 나는 말한다. 내 열정의 90%는 책에서 오는 거라고.

물론 멍해질 때도 있고, 시간을 어영부영 보내는 때도 많지만 그럴 때 재빨리 책을 펼쳐본다. 나의 경우 책을 읽으면 망치로 한 대 맞은 것처럼 번쩍하고 정신을 차리게 되기 때문이다. 독서가 끊임없이 자신을 채찍질하게 하는 조련사와 같은 역할을 함으로써 그 자리에 머물지 않고 조금씩이나마 성장의 발판을 마련해주고 앞으로 나아가게끔 하는 것이다.

사람들은 독서를 많이 하는 사람은 어딘가 다를 거라 기대를 한다.

만약 그 기대에 부응하는 모습을 발견했다면 그 사람의 행동을 주의 깊게 관찰하고 자신이 할 수 있는 범위 내에서 닮고자 노력하게 될 것이다. 이러한 노력이 바로 선한 영향력이 미치는 첫 단계가 아닐까 싶다.

독서로 전하는 선한 영향력은 마치 도미노와 같다. 책을 읽는 작은 행동 하나가 나만이 아닌 내가 모르는 다른 누군가에게까지 영향을 줄 수 있다고 생각한다면 가슴 뛰고 설레는 일이 아닐 수 없다. 그만큼 책은 세상을 바꾸는 강력한 힘이 있기 때문이다.

바람이 있다면 훗날 나도 누군가에게 선한 영향력을 주는 사람이 되는 것이다.

독서로 힘들었던 지난날의 위로와 앞으로의 꿈을 갖게 되고 긍정적인 마인드의 소유자가 된 만큼 다른 힘든 이들에게 위로와 꿈을 전하고 선한 마음으로 사람들을 대하는 사람이 되고 싶다.

그래서 조금이나마 주변 사람들에게 좋은 영향을 주는 날이 오기를 조심스레 소망해본다.

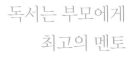

07

독서는 부모에게
최고의 멘토

그리스신화에 나오는 오디세우스의 친구 멘토르(Mentor)에서 유래된 단어 '멘토' 는 경험과 지혜를 바탕으로 상대방에게 꿈과 비전을 제시하고 때로는 친구이자 조언자, 또는 스승, 아버지의 역할을 하는 사람을 일컫는다.

내가 멘토라는 말을 알게 된 건 2000년대 초반 한 프로젝트에 참가하면서다.

심사에서 선정된 20대 청년들이 일정 기간 교육을 받은 후 멘토가 되어 소년시설에 있는 청소년인 멘티와 정해진 만남을 갖고 다양한 활동을 하는 좋은 취지의 프로그램이었다.

아쉽게도 거리와 시간상의 이유로 끝까지 함께 못했지만 그때의 교육을 통해 생소하게만 느껴졌던 멘토가 어떤 역할인지 어렴풋이 알 수 있는 계기가 되었다.

당신에게는 삶의 멘토가 있는가?

인생을 살아가는데 많은 시행착오와 실수를 좀 더 유연하게 받아들이고 슬기롭게 대처할 수 있도록 아낌없는 조언을 해주는 멘토. 선택의 갈림길에서 최선의 선택을 하도록 이끌어주고 기꺼이 함께 고민을 나눌 멘토 말이다.

만일 주위에 그런 사람이 있다면 크게 감사해야 할 일이다.

멘토를 찾는 방법은 어찌 보면 간단할 수도 있다.

나를 긍정적인 방향으로 발전시켜줄 사람이라 판단되면 누구든 나의 멘토가 될 수 있다.

지금은 이 세상엔 없지만 훌륭한 업적을 남긴 분들이나 현재 이 시대에 함께 살고 있는 각 분야의 위대한 사람 일 수도 있다. 아니면 내 주변에서 나를 잘 알고 나를 응원해주는 지인이나 이웃일 수 있는데 이처럼 나에게 영향을 주는 인물이라면 누구든 가능하다.

멘토라는 단어도 모르던 학창 시절. 나의 멘토는 중학교 3학년 때 만난 담임선생님이었다.

선생님은 그 시절 한 반에 50명이 넘는 친구들을 편견 없이 동등하게 봐주신 분이었다.

각자의 재능을 인정해주셨으며 칭찬을 아끼지 않으셨다. 그래서 인지 우리 반은 놀 때는 신나게 놀고 공부할 때는 다른 어느 반보다 즐겁고 재미있게 공부하는 반이었다. 때문에 다양하고 유쾌한 추억이 많이 남아있다. 나의 학창시절을 통틀어봤을 때 그때처럼 공부를 스스로 즐기면서 한 적은 없었던 것 같다. 졸업한 지 30년이 다 되어가는 지금도 그때 격려해주시고 칭찬해주시던 선생님의 모습을 생각하면 공부에 대한 의지가 되살아나기도 한다.

이렇게 멘토는 삶의 전반에 큰 영향을 미치는 존재가 아닐까 한다.

만일 아직 멘토를 찾지 못했거나 찾을 이유를 모르겠다면 책을 가까이 해보자.

비록 사람처럼 고민을 들어주고 문제에 대한 조언을 직접적으로 해줄 수는 없지만, 당신이 기꺼이 시간을 내어준다면 책은 그에 버금가는 훌륭한 멘토가 될 준비가 되어있다.

살다 보면 크고 작은 고비들이 마치 파도처럼 일 년에도 몇 번씩, 많게는 하루에도 몇 번씩 넘실넘실 찾아올 때가 있다.

위기를 극복하는 방법은 사람마다 다르겠지만 예전의 나는 주로 다음과 같은 방법으로 위기를 해결하고자 했다.

그 방법은 사람을 만나는 것, 그리고 종교였다.

워낙 사람과 만나서 이야기하는 것을 좋아하는지라 한바탕 웃으며 대화하는 것만으로도 삶이 충전되는 것 같았다. 하지만 사람을 만나는 것은 한계가 있었다. 결혼 후 직장을 다니며 아이들을 키울 때는 내가 원한다고 해서 언제든지 만날 수는 없는 노릇이었다.

그래서 지금도 여전히 정신적으로 가장 의지하는 종교는 나에겐 쉼터이자 커다란 위로와 힘이 되고 있다.

이제는 이와 더불어 독서라는 강력한 멘토와 함께 삶의 문제를 해결해가고 있다.

어쨌든 자기 고민을 해결할 사람은 오로지 본인 자신밖에 없다는 것을 알기 때문에 나는 삶의 과제를 좀 더 지혜롭게 해결할 방법으로 책을 선택한 것이다.

물론 책이 문제에 대한 확실한 조언을 해주지는 않는다.

하지만 책 속에는 먼저 살아온 사람들의 일생이, 삶이 고스란히 녹아들어 있다.

독서를 하면 책 속에 있는 현자들의 삶을 대하는 자세를 접하고 역사적 인물들의 실패담이나 성공담을 간접적으로 경험하면서 내 상태를 되짚어보는 시간을 갖게 된다.

이렇게 하는 독서 후의 긴 사색은 여러 갈래의 길을 제공한다. 나는 그 여러 갈래의 길에서 최선의 선택을 하면 되는 것이다.

무엇보다 독서를 함으로써 걱정으로 가득했던 마음이 전보다 평온해지고 극복하고자 하는 용기로 채워지게 되는 경험을 할 수 있다.

우리 시대 멘토라 일컫는 사람들은 많이 있다.

피터 드러커, 빌 게이츠, 워렌 버핏, 스티브 잡스, 버락 오바마 등 해외 인물뿐 아니라 우리나라에도 본받을만한 훌륭한 분들이 많이 있다. 개인적으로는 공병호, 고도원, 구본형, 한비야 이분들을 좋아한다.

그런데 멘토라 불리는 이들에게는 한 가지 공통점이 있었으니, 바로 엄청난 독서광이라는 것이다. 독서가 그들을 성장시켰다고 해도 과언이 아닐 정도다.

한 예로 작가 고도원을 들고 싶다.

〈고도원의 아침편지〉로 유명한 작가 고도원은 어린 시절 목사님인 아버지에게 스파르타식으로 혹독하게 독서훈련을 받았다고 했다. 처음에는 두려움으로 억지로 책을 읽고 밑줄을 그었으나 아버지가 돌아가신 후 아버지의 책 속 흔적을 보게 되었다. 그 안에 있는 아버지의 삶과 영혼을 느끼게 되면서 독서의 의미를 다시 한번 깨닫게 되었다고.

그 후 2001년 8월 1일 청와대 연설비서관으로 있을 때 과로로 쓰러진 후 쉬면서 처음 자신을 위한 치유의 글을 쓰고 싶어졌다고 한다.

그동안 자신이 컴퓨터에 모아 놓은 좋은 글귀들을 전문가들의 도움을 받아 이메일로 전달하는 시스템을 만들었는데 이것이 바로 현재 매일 아침 수백만 명에게 위로와 희망의 글을 선물하는 "고도원의 아침편지"다.

자신이 책을 읽으며 인상 깊거나 감동 받은 부분을 자신만의 것으로만 담아두지 않고 20년 가까이 매일 아침 다른 사람들과 함께 공유하고 나누는 모습이 진정한 멘토의 모습이 아닐까 생각한다.

그렇다면 평범한 우리가 책을 많이 읽으면 이들처럼 멘토가 될 수 있을까? 물론이다.

책을 많이 읽고 달라지는 나의 모습을 본 누군가가 나에게 조언을 구하고, 나와 함께 책을 읽고 변화한다면 나도 기꺼이 그 누군가의 멘토가 된 것이나 다름없다.

특히 자녀가 부모를 멘토로 삼는다면 그만한 행복이 어디 있을까 싶다.

미래에 성인이 된 두 아들에게 과연 나는 나는 어떤 엄마로 비추어질지 궁금하다. 그들의 멘토는 되지 못하더라도 배울 점이 많은 엄마, 삶에 열정적인 엄마로 기억되면 좋겠다.

08

독서는 습관이다

습관은 무의식적으로 하는 행동들을 나타낸다. 예를 들면 퇴근 후 집에 들어와 자연스럽게 TV를 켜거나, 아무것도 안 하고 그냥 있을 때 자신도 모르게 스마트폰을 만지는 경우가 이에 해당한다고 볼 수 있다. 그래서 습관을 고치는 일은 여간 어려운 게 아니다.

습관이 우리 삶에 얼마나 큰 변화를 일으키는지에 관해 구체적으로 설명한 책이 있다.

바로 제임스 클리어의 〈아주 작은 습관의 힘〉이다.

저자는 고교 시절 촉망받는 야구선수였는데 큰 사고로 야구선수의 꿈을 포기해야 했지만, 대학진학 후 사소한 습관들을 자신의 것으로 만들기 시작하면서 6년 후에는 대학 내 최고의 야구선수가 되었다.

"시간은 성공과 실패 사이의 간격을 벌려놓는다. 좋은 습관은 시간을 내 편으로 만들지만 나쁜 습관은 시간을 적으로 만든다. 습관은 양날의 검이다. 좋은 습관은 우리를 성장시키지만 나쁜 습관은 우리를 쓰러뜨린다. 그래서 매일 하는 일들 하나하나가 중요하다."

우리는 자신의 습관 중 없애고 싶은 나쁜 습관을 적어도 하나는 가지고 있다.

그리고 이미 나쁜 습관이 무의식 속에 깊이 자리 잡아 몸에 배어 있기 때문에 의식적으로 고치기 위해서는 부단히 노력해야만 한다는 것도 알고 있다. 어려운 일이지만 이렇게라도 노력해서 고쳐야 하는 이유는 습관이란 것이 우리의 미래가 달린 아주 중요한 일이기 때문이다.

나쁜 습관을 대체할 좋은 습관들은 많이 있다. 운동하기, 외국어 공부하기, 새로운 것 배우기, 명상하기 등.

이 중 나는 두 가지 습관을 우선적으로 추천하고 싶다. 바로 잠자리 정리와 독서다.

여기 잠자리 정리를 강조한 미국 전 해군 대장 맥 레이븐이 있다. 그는 한 대학 졸업식 연설에서 다음과 같은 유명한 말을 남겼다.

"세상을 변화시키고 싶으세요? 그럼 침대 정리부터 똑바로 하세요. 매일 아침 침대를 정리한다면 그 날의 첫 번째 과업을 완수하게 되는 것입니다. 그것은 여러분에게 작은 뿌듯함을 줄 것입니다. 그리고 다음 과업을 수행할 용기를 줄 것입니다."

잠자리 정리는 하루를 시작하는 가장 사소한 일 중 하나이다. 하지만 이 사소한 행동이 실천하기에 가장 어려운 것인지도 모른다. 아침을 어영부영 바쁘게 보내다 보면 제때 하지 못한 채 지나가 버리기 쉬운 일이어서다.

몇 년 전 나는 직업이 바뀌게 되면서 아침 일찍 출근하는 일이 없어지게 되었다.

그동안 아침에 바쁘다는 핑계로 침대를 대충 정리하고 다녔었었는데 오전을 여유롭게 보낼 수 있게 된 것이다. 그래서 집안 정리는 물론 가족들 아침 식사를 챙기고 나서도 나만의 시간이 많이 생기겠구나 싶어 내심 좋아했었다.

그러나 그건 착각이었다. 시간이 지나고 보니 오히려 출근할 때보다 더 게을러져 있었다.

아침에 출근할 때는 제 시간에 나가야 하니 씻고 정돈하고 가족들 식사준비가 빠르게 이루어졌었다. 그런데 아침 시간이 많아지자 이불 밖으로 나오기까지의 시간이 더 오래 걸렸다.

잠자리 정리는커녕 시간이 촉박해져서 겨우 일어나 가족들 식사준비를 했다. 가족들이 모두 나가고 나면 침대 속으로 다시 들어가거나 씻고 정리하는 데 전보다 두 배 이상의 시간이 소요되었다. 기대했던 오전의 시간을 수개월 동안 그렇게 흘려보낸 것이다. 그러다가 새벽 수영을 시작하면서 아침을 맞이하게 되자 그 게으름은 자연스레 사라졌다.

새벽에 할 일이 있다고 생각하니 일찍 일어나 잠자리 정리를 하게 되었고, 이는 다시 이불 속으로 들어가고 싶은 충동을 크게 줄여주는 효과가 있었다.

명상이나 운동 등 각자에게 맞는 방법으로 의미가 있는 아침루틴을 만든다면 잠자리 정리가 훨씬 수월해질 것이다.

여러 좋은 습관 중 독서는 하루의 격을 높이는 습관이다.

하루 중 언제 하든지 독서는 의미가 있다.

아침에는 교감신경이 활발해지면서 집중력과 사고력이 높아지는 때이다. 이때 하는 독서는 의욕을 더욱더 높여주고 적극적인 마음가짐을 갖게 해준다.

그리고 다른 때보다 상대적으로 주변으로부터 방해를 받지 않는 오로지 자신만의 시간이므로 독서력이 높아져서 습관으로 자리 잡기가 수월한 편이다. 독서시간 대비 효율성이 가장 높은 시간대라고 볼 수 있다.

낮 시간에 하는 독서는 직장인이라면 휴식 시간이나 점심 식사 후 자투리 시간을 활용하는 것으로 볼 수 있겠다.

자투리 시간에 하는 독서가 좋은 이유는 무엇보다 시간을 허투루 보내지 않았다는 성취감이다. 짧게는 5~10분이고 길게는 1시간 정도 주어지는 이 시간은 스마트폰 한 번 만지면 나도 모르게 사라지는 시간이다. 이 시간을 독서로 채우게 된다면 어느 순간 독서량이 늘어 있는 자신을 발견하게 될 것이다.

그리고 밤에 하는 잠자리 독서는 우리를 편안한 잠자리로 안내하는 역할을 한다.

앞서 밝혔듯 독서는 스트레스를 68% 감소시킬 뿐 아니라 심박 수를 낮춰주고 근육을 이완시켜준다. 영국 수면 협회에서는 잠자기 전 30분에서 1시간의 독서가 마음을 자유롭고 안전하게 하며, 사물에 대한 관점을 얻게 해준다고 밝힌 바 있다. 또한 전문가들은 잠들기 전 독서가 TV나 스마트폰에 대한 가장 좋은 대안이라고 주장한다. 이러한 기기들에서 나오는 푸른빛은 수면호르몬이라 일컫는 멜라토닌 생산을 직접적으로 감소시킨다.

반면 잠자리 독서는 편안한 마음으로 이끌어 주는데 이는 창의적인 생각과 상상력을 높여준다. 또한 밤에는 감성적인 부분이 높아지기 때문에 공감 능력이 더욱더 향상된다.

이렇게 독서는 때와 상관없이 어느 때라도 하기 좋은 습관이다.

"1퍼센트의 성장은 눈에 띄지 않는다. 하지만 이는 무척이나 의미 있는 일이다. 1년 동안 매일 1퍼센트씩 성장한다면 나중에는 처음 그 일을 했을 때보다 37배 더 나아져 있을 것이다. 습관은 복리로 작용한다."

–〈아주 작은 습관의 힘〉, 제임스 클리어

우리 인생에서 복리로 작용할 때 가장 큰 영향력을 주는 습관은 독서가 아닐까 한다.

책은 미약한 우리를 단단하게 하고 성장시키는 힘이 있다. 우리의 삶을 좋은 방향으로 이끌어가는 이정표이다.

그래서 누군가 인생의 터닝 포인트가 언제였냐고 묻는다면 자신 있게 책을 가까이하게 된 후라고 말할 수 있다. 내 삶의 변화는 책과의 만남에서 시작되었다고 해도 과언이 아니기 때문이다.

독서가 습관이 되면 삶이 즐거워진다. 무엇보다 현재를 감사할 줄 알며 미래를 기대하고 준비하는 마음을 갖게 해준다.

예전엔 취미가 독서라 말한 적이 있었다. 취미는 재미로 즐겨서 하는 일이다. 다시 말하면 재미가 없으면 그만둘 수 있는 것 또한 취미다.

그래서 이제는 독서가 취미가 아닌 습관이라고 말한다.

독서를 재미로 즐겨서 하는 취미를 넘어 매일매일 나도 모르게 하게 되는 습관으로 만들기를 바란다. 하루 종일 내 손에 스마트폰을 들고 있는 시간보다 책을 들고 있는 시간이 많아지면 가능한 일이다.

자! 지금 당장 5분, 10분 만이라도 스마트폰을 보이지 않는 곳에 두고 주변에 책을 놓아보자. 준비되었는가?

책을 읽을 때 집중이 잘 안돼요.

1. 나만의 장소를 만들어보자.

– 아이를 키우는 경우 책에 온전히 집중하기 어려운 게 사실이다. 굳이 편한 시간을 꼽자면 아이가 잠들고 난 후 늦은 저녁 시간이나 이른 아침일 경우일 텐데 짧은 시간을 앉아도 편하고 집중이 잘되는 그런 공간이 있다. 항상 같은 공간에서 독서를 하게 되면 어느 순간 가족들에게도 인식이 되어 독서를 할 때만큼은 방해하지 않는 효과가 나타나기도 한다.

가끔은 집이 아닌 외부에서 집중이 더 잘 될 때가 있는데 나에게는 카페나 도서관이 그렇다. 혼자만의 자유와 여유를 느끼면서 책에 온전히 집중할 수 있어서 기분 또한 한결 좋아짐을 느낀다. 이렇듯 각자의 아지트 같은 장소를 만들어보자.

2. 현재 읽고 있는 책을 점검한다.

– 독서 할 때 집중이 안 되는 이유는 여러 가지가 있다. 자신의 수준과 맞지 않는 책을 읽는 것도 그중 하나다. 수준보다 너무 낮아도 다 아는 내용인 데다가 내용 또한 예측 가능하기에 재미가 없는 것이고, 수준보다 어려우면 배경지식이 없어서 읽는 데 어려움을 느끼고 집중이 되지 않는다.

그리고, 자신이 흥미 있는 분야가 아닌 경우도 그러하니 이럴 경우 지금 보고 있는 책은 잠시 접어두고 다른 책을 찾아 읽어보는 것도 방법이다.

"너는 천재다. 너는 반드시 위대한 인물이 될 것이다."

PART

03

제 3 장

부모독서로 아이를 바라보는
시선이 달라졌다

책은 부모의 욕심을
걷어내어 줌으로써 사춘기로 마음이
혼란스러운 자녀를 이해하고
공감할 수 있게 도와준다.

01

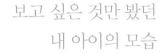

보고 싶은 것만 봤던
내 아이의 모습

대부분 자녀를 키우는 부모의 마음은 비슷해서
아이가 태어났을 때는 그저 건강하게만 자라다오라고 말하지만 커
가는 아이를 보며 조금씩 욕심이 생기는 건 어쩔 수 없는 것 같다.

공부는 기본이고 운동이나 예술 등 다방면으로 두루두루 잘하길
원한다. 거기에다 성격까지 좋아 주변에 친구들이 잘 따르는 아이면
금상첨화다.

간혹 주변에 그렇게 잘하는 아이가 있으면 부모가 어떻게 키웠는
지 궁금해하며 지금의 내 양육방식과 비교하게 된다. 혹시 내가 잘
못한 게 아닌가 싶어 때로는 자책감에 사로잡히기도 한다.

우리나라에서 학교에 다니는 아이를 잘 키웠다는 기준은 아직까
지 아이의 성적으로 판단되는 것 같다. 개인이 가진 역량보다 공부

잘하는 학생을 원하고 부러워하니 말이다.

그렇지만 이제 그 기준을 바꿔야 할 때이다.

SNS와 개인 콘텐츠의 발달로 자신이 좋아하고 재미있어하는 것으로도 충분히 성공할 수 있는 다양성의 시대가 되었으며 예전에는 상상할 수 없던 직업들이 무수히 생겨나고 있다.

특히나 4차 산업혁명 시대에 인공지능에 대항할 힘으로 많은 전문가들이 창의력을 말했다고 한다. 그런데 지금처럼 부모가 공부라는 하나의 틀 안에서 아이를 판단한다면 창의력은커녕 각자 가지고 있는 고유의 능력과 적성을 발견하고 키워나가기는 어려울 것이다.

그러므로 지금이라도 부모가 아이의 관심사를 받아들이고 인정해야 하는데 이것도 연습이 필요하다. 이 때 어떤 상황이 오더라도 아이를 이해한다는 마음가짐은 필수다.

막상 내 아이가 주변 친구들과는 다른 사고방식을 갖고 있을 때, 이를 받아들이기 쉬울 것 같지만 그렇지 않다. 오랫동안 아이를 양육하며 가지게 된 사고와 아이에 대한 기대감, 교육관으로 아이를 바라본다면 이해하기 힘든 부분이 생기게 마련이다.

따라서 부모는 어떤 경우에라도 아이를 인정하고 이해하는 연습을 해야 한다.

우리 집에는 고등학생, 중학생인 아들 둘이 있다.

돌이켜 보면 자만심이었지만 아이들이 태어났을 때는 교육 쪽 전공을 살려 누구보다 잘 키울 수 있으리라 자신했었다.

아이들이 원할 때마다 책을 읽어 주었고, 시간이 허락되는 대로 자주 도서관에 데리고 갔다. 밤에는 오디오북을 들려주거나 아이들 이름을 주인공으로 해서 옛날이야기를 지어서 들려주면 그렇게 깔깔대며 좋아할 수가 없었다.

큰 아이가 초등학생이 될 무렵부터는 아이들 옆에서 나 또한 부지런히 책을 읽기 시작했다. 아이들에게 드라마를, 예능프로를 많이 보는 엄마의 모습보다 책을 읽는 엄마의 모습을 보여주기 위해 노력했고 집안 곳곳에는 늘 책이 가득했다.

그렇게 몇 년 후 마냥 천진난만하고 세상 긍정적이며 천하태평이라 생각했던 큰아이에게 변화가 찾아왔다. 이름하여 사.춘.기.

하루에도 열 번은 넘게 롤러코스터를 타는 기분이었고 사사건건 아들과 부딪치기 일쑤였다.

예전의 순둥순둥했던 아들은 온데간데없고 어디서 이상하고 괴팍한 아이가 불쑥 나타난 것만 같아 적응하기도 이해하기도 어려웠다.

엄마의 생활 범위 안에서 지내던 아들이 어디로 튈지 모를 탱탱볼처럼 생각지도 못한 행동으로 가슴을 철렁하게 만들기도 하고, 반항의 끝을 보이기도 하는 것이다.

아이와의 골은 더 깊어만 갔고 2년 동안 이어지는 반복된 생활에 점점 지쳐갈 무렵, 아이의 심리상태와 행동원인이 무엇인지 그 해답을 찾고자 부지런히 도서관과 서점으로 달려가 사춘기 자녀교육 관련 책들을 꼼꼼히 읽어나갔다. 내 아이와 똑같은 경우는 없지만 비슷한 아들들의 상담사례가 많아 적잖이 도움이 되었다. 사춘기 아이들의 특성과 뇌의 변화, 그리고 심리상태까지 알게 되니 아들의 행동이 어렴풋이 이해가 되었다.

나아가 독서로만 그치지 않고 학교에 계신 상담 선생님의 도움을 받기도 했고, 직접 아이와 함께 외부의 전문상담가를 찾아가 심리상담을 받기도 했다.

나는 부모 중의 한 사람은 엄해야 한다는 생각에 엄한 아빠의 행동을 지지하는 축에 속했다.

그로 인해 아이의 자존감은 점점 더 낮아지고 마음이 멍들어가는 것도 모르고 말이다.

아이가 일탈 행동을 보이고 나서야 뒤늦게 자녀교육에 대한 내 생각이 잘못된 것임을 깨달았다.

물론 나의 잘못된 자녀교육관을 인정하고 바꾸기까지 오랜 기간이 걸렸다.

아이가 일탈 행동을 보이면 아이 탓, 엄한 아빠 탓이라며 잘못을 떠넘기기에 급급했다. 그러다 보니 남편과도 관계가 어색해지고, 아이와도 팽팽하게 기 싸움하는 상태가 계속되었던 것이었다.

이때 지인의 추천으로 읽게 된 〈10대를 위한 공부습관의 힘〉의 저자이자 한국 진로학습 코칭 협회의 대표이신 이지현 선생님을 만난 건 신의 한 수였다.

아이가 크게 방황할 무렵 이지현 선생님께 처음 상담을 받으러 가는 날 아이는 가는 내내 투덜거렸다. 이번 한 번뿐이라고 어르고 달래며 도착해서 받은 1시간 남짓의 첫 상담은 예상과는 다르게 아이를 완전히 매료시켰다. 스스로 계속해서 상담을 받아보겠다며 굳은 의지를 보인 것이다.

그런 아이의 의지와 함께 이지현 선생님의 심리 상담과 진로 코칭으로 아이는 빠르게 안정되어갔고 자신의 진로를 확실하게 정할 수 있었다. 그리고 자녀가 어떤 성향이고, 무엇이 필요한지 부모 상담으로 솔루션까지 주셔서 내 아이에게 맞는 환경을 최대한 제공하기 위해 노력하는 부모로 변하게 되었다. 이지현 선생님께 이 자리를 빌어 깊은 감사를 드린다.

몇 년 전 우리나라는 이세돌과 AI의 바둑대결로 한창 떠들썩했었다. TV에서는 이제 진짜 4차 산업혁명 시대가 왔다며 관련 다큐멘터리들이 특집으로 방송되었고, 더불어 달라지는 미래의 교육에 대한 이야기들이 쏟아져 나왔다. 그때까지만 해도 나는 솔직히 우리 생활하고는 먼 이야기인 것 같아 관심이 가지 않았다.

그로부터 2년 후 접한 미래 교육 다큐멘터리는 4차 산업혁명에 대한 궁금증을 일으켰다.

도대체 4차 산업혁명이 뭐기에 각종 매체에서 이렇게들 난리일까?

미래학자들은 4차 산업혁명으로 인해 수년 내에 달라질 미래에 대해 예측하며 이제는 교육이 바뀌어야 한다고 한목소리를 내고 있었다. 미래의 일꾼으로 나아가기 위해서는 지금처럼 획일화된 교육이 아닌 각각의 개인이 가지고 있는 성향과 특성을 살린 교육을 해야 한다는 것이다. 실제 세계 주요 나라들은 주입식 교육이 아닌 학생 스스로가 답을 찾도록 유도하는, 철저히 학생 중심의 수업으로 전환되고 있었다.

지금 변화하고 있는 세계의 미래 교육을 알게 되자 마치 머리를 세게 한 대 얻어맞은 느낌이었다.

4차 산업혁명 시대에 살고 그 시대의 중심이 될 내 아이를 키우기 위해서는 부모가 겪었던 20세기 교육관을 가져서는 안 되겠구나 라는 생각이 들었다.

그리고 아이의 방황을 겪고 나서야 알게 되었다.

이제까지 내가 아이에 대해 마음에 들지 않았던 이유가 오로지 성적과 공부를 하지 않는 아이의 태도였다는 것을. 철저히 내가 보고 싶은 대로만 아이를 판단해 왔다는 것을.

아이의 수많은 장점을 뒤로 한 채 내 기준에 부합하지 않는 아이의 단면만을 보고 단점으로 부각시켜 버린 것이다.

만약 이 시기에 내가 책읽기를 게을리 했다면, 책에서 얻은 정보를 정보인 채로 머릿속에만 두었다면 굳을 대로 굳은 낡은 교육관을 버리기가 쉽지 않았을 것이다.

아이가 방황하는 시간 동안 해결책을 찾기 위해 서점에서, 도서관에서 고군분투했던 그 시간들이 나에게는 부모로서 한 단계 성장하는 계기가 되었다.

아이를 이해하자 장점이
보이기 시작했다

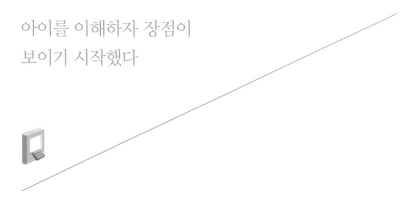

아이와 갈등이 있거나 아이로 인해 남편과 관계가 소원해질 때는 마음이 복잡해져서 책이 손에 잡히지 않았다. 시간이 약이겠거니 생각하고 애써 침착한 척하려고 했지만 시간이 지날수록 온갖 부정적인 생각과 감정들이 사그라들기는커녕 더 커지는 느낌이었다.

이러면 안 되겠다 싶어 마음이 복잡할수록 주말에는 무조건 도서관을 찾아갔다.

도서관 서가에서 천천히 제목을 살펴보고, 책을 고르고, 책을 읽는 단순한 이 과정들이 의외로 마음을 차분하게 만들었다. 이렇게 점차적으로 나는 독서를 통해 마음의 안정을 찾게 되었다. 때로는 격한 공감과 함께 지친 마음을 위로받을 수 있었다.

"아무리 힘을 주어도 꿈쩍도 하지 않는 10톤 거석. 그 자리에 앉아 있으면서 끊임없이 먹어대고 10년 넘게 빨래 바구니에 옷 한 번 넣는 법이 없다."

애덤 프라이스의 〈당신의 아들은 게으르지 않다〉에 나오는 구절이다.

사춘기 아들을 이보다 더 정확하게 표현할 수 있을까?

아들들의 특성은 전 세계적으로 비슷한 것을 보니 사춘기가 호르몬과 뇌의 변화로 생기는 행동들이 맞나 보다.

책을 읽으며 지난날의 나의 행동을 반성하고 아이들의 잘못이 아닌 부모의 잘못임을 인정하고 받아들이려고 노력했다. 문제 학생 뒤에는 문제 부모가 있다고 하지 않았던가?

아이들의 현재 행동이 지난날 부모 행동의 결과라고 나 스스로에게 인정하기까지는 많은 시간이 걸렸다.

세상의 잣대로만 보면 지금 아들은 고등학교 생활을 1년도 안 남긴 상태에서 수포자일 뿐만 아니라 공부엔 전혀 관심이 없어 미래가 걱정되는 아이다. 대학은 벌써부터 물 건너갔다고 생각할 수도 있다.

물론 나도 예전에는 내 아이가 공부를 잘해서 남들에게 자랑하고 싶은 마음도 있었다.

나름대로 교육계에서 일한 지 20년이 넘는데 '역시 아이 교육은 잘 시켰다'는 말 또한 듣고 싶었다. "아이들은 성적보다는 인성이지."라며 남들에게는 공공연하게 얘기했으면서 정작 나 자신은 아이에게 인성이 아닌 성적을 더 우선순위에 두고 이야기하고 있었다.

이처럼 나의 행동은 철저히 이중적이었던 셈이다.

왜 아이를 잘 키우는 잣대가 학교성적이 되어야 했을까?

아이 한 명 한 명에게는 그 아이만의 특색과 장점이 분명 있는데 말이다.

아들은 공부에만 관심이 없었을 뿐이지 다른 면에서는 언제나 관심이 많았다.

특히 미술은 중학교 때까지 교내외 대회에서 상도 받았었고 전문가분들께서 미술전공을 권유할 정도로 재능도 있었다. 아이의 꿈도 언제나 미술 관련 쪽이었다. 하지만 엄마, 아빠의 열성적인 지원도 없고, 작품을 그려 와도 크게 칭찬하는 일이 없다 보니 아이는 그렇게 오래 배우던 미술을 그만두었다.

그 후 게임에 푹 빠져 프로게이머가 꿈이었다가, 자신의 한계와 주변 상황을 인지한 아이는 다른 흥밋거리를 찾기 시작하며 부모의 관심을 끌려고 노력했다.

하지만 엄마인 나는 지금 이렇게 중요한 시기에 공부 아닌 다른 것에 관심을 갖는 아이가 이해되지 않았다. '나는 안 그랬는데.'라는 마음과 함께 '공부나 좀 하고 그런 생각을 갖지.' 라는 원망이 자리 잡고 있었다.

우리나라 학생 신분으로 봤을 때 고등학교 2학년, 3학년은 정말 중요한 시기라는 걸 알기에 부모인 나로서도 공부를 무시할 수가 없었다.

여기서 내가 크게 간과한 것이 하나 있었다. 바로 이 시기 아이에게 가장 중요한 부모의 믿음이다.

내 아이는 조금 늦게 미래를 준비하고 있다고 인정을 하고, 나만은 세상의 눈으로 아이를 보지 말자고 머리로만 이해했지 가슴에선 받아들일 준비가 되지 않았었나 보다.

나의 레이더는 아이의 행동 하나하나에 초점이 맞춰진 듯했다. 방은 방대로 지저분하고, 먹은 건 왜 바로바로 치우지 않는지, 쓰레기통이 바로 옆에 있는데도 쓰레기는 방바닥에 그대로 두는지, 샤워는 또 왜 그렇게 오래 하는지 등 모든 것이 마음에 들지 않아 잔소리를 입에 달고 살았다. 아이를 못 믿어서이다. 그리고 사춘기 아들의 특성을 제대로 파악 못 한 탓이다.

끊임없는 잔소리와 성적에 대한 좌절감, 게다가 고등학교에 입학한 후론 칭찬을 들을 일이 거의 없었으니 아이의 자존감은 낮아질 대로 낮아진 상태였다.

다행히 한국 진로학습 코칭 협회의 대표인 이지현 선생님의 상담을 통해 아이의 성향과 장점을 파악할 수 있었다. 아이는 자신의 진로에 관해선 확실한 생각을 가지고 있었다.

그저 놀기만 하고 게으르고 아무것도 안 해서 아무 생각 없이 사는 줄 알았는데 내면에선 치열하게 자신의 미래에 대해 고민하고 있었던 것이다.

솔직히 내 아이에 대해 이렇게나 모르고 있었다니 그동안 진솔한 대화를 나눈 적이 없었던 것 같아 부끄러웠다. 그동안 엄마인 나 스스로 아이를 과소평가했던 것은 아닐까?

어쩌면 아이를 있는 그대로 바라보지 못한 건 부모의 욕심이었는지도 모른다.

그렇게 욕심의 눈을 걷어내자 아이의 밝은 모습이 눈에 들어왔다. 말투도 엄마인 내가 먼저 부드럽게 이야기하니 아이의 반응도 전보다 훨씬 부드러워졌다.

아들이 말 잘 걸고 감성적이고 따뜻한 마음의 소유자였다는 걸 그동안 왜 몰랐는지.

어느 날, 아들에게 무엇을 할 때 가장 행복하냐고 물어본 적이 있었다.

PC방에서 게임만 하고 집에선 스마트폰만 열중해서 보던 아이의 모습만 기억하던 나이기에 당연히 게임 할 때 행복하다고 말할 줄 알았는데 아이의 입에서 뜻밖의 말이 나왔다.

"바이올린 켤 때가 제일 행복해요."

중학교에 입학하자 학교오케스트라에 가입해서 바이올린을 배웠던 아이는 고등학교에서도 오케스트라에 가입했다고 말했었다. 하지만 남편과 나는 솔직히 탐탁지 않게 생각했었다. "지금은 공부가 우선이지 않니?"라며 대학과 연결지어 대화했던 나 자신이 부끄러웠다. 아이 맘을 전혀 모르는 엄마였다는 자책감과 함께.

'그래, 이렇게 다정하고 장점이 많은 아이인데. 그동안 엄마라면서도 너무 아들에게 소홀했었구나.'

그래서 아이가 그동안 알게 모르게 다쳤던 마음이 풀릴 때까지 충분히 기다려주기로 다짐했다. 그러자 아이는 자신이 좋아하고 잘하는 것을 스스로 찾아 행동하기 시작했다.

자신의 미래를 진지하게 고민하고 원하는 직업을 적성에 맞게 정확히 선택하는 능력도 보여주었다.

여전히 지금도 난 사소한 일로 매일 아이와 전쟁 중이다. 하지만 전과는 다르게 대처할 수 있는 능력이 생겼다. 아이 입장에서 먼저 생각하려고 노력하니 불안함보다는 믿음과 기다림이 먼저가 되었다.

그리고 매일 나 자신에게 주문을 건다. 내 아이와 나는 분명히 이 시기를 감사하며 현명하고 지혜롭게 잘 헤쳐나가리라고.

03

기다릴 줄 아는 부모

큰 아이에겐 어릴 때부터 유난히 제약을 많이 두었던 것 같다.

아이의 귀가 시간은 다른 집보다 이른 시간으로 정해놓은 뒤 5분, 10분이라도 늦게 들어오면 이유를 묻기보다 늦은 것에 대한 책임을 추궁했고, 조금만 심하게 장난쳐도 엄하게 혼을 냈던 기억이 난다. 생각해보면 누가 다친 것도 아니었고 그 또래 아이들이 충분히 할 수 있는 장난이었는데 말이다.

또 워낙 행동이 느리다는 걸 알면서도 매일 같은 일로 잔소리를 했다. 아이를 있는 그대로 받아들이지 못하고 못 미더워했던 탓이다.

워낙 주변에 친구들도 많고 친구를 좋아하는 아이인데 부모의 이런저런 간섭으로 충분히 놀지 못했다고 생각한 아이는 뒤늦게 고등학생이 되어서야 노는 맛에 심취하게 되었다.

예전과 달라진 아이의 모습에 안절부절못했는데 상담하시는 선생님들이 공통적으로 하시는 말씀들이 있었다.

"그렇다고 아이가 가출했나요?" "아니요."

"아이가 밖에서 크게 사고치고 다니나요?" "아니요."

"그럼 아이를 믿어보세요."

"아이가 스스로 해낼 수 있도록 엄마는 참고 기다려야 한다. 엄마가 조바심내지 않고 기다리면 아이들은 편안한 마음으로 새로운 것을 배우고 터득해 나간다. 날마다 보이지는 않지만 아주 조금씩 커간다. 마치 한 방울의 빗물이 대지를 적시고 나아가 강물을 이루듯."

–〈엄마학교〉, 서형숙

이 책을 접한 건 큰 아이가 초등학생 저학년이었을 때다. 그럼에도 불구하고 난 책을 읽기만 했지 실천을 하지 못한 셈이다.

아이를 믿고 묵묵히 참고 기다리는 것. 난 아이가 다 크고 나서야 뒤늦게 참고 기다리는 것을 혹독한 경험으로 배우는 중이다.

그렇다고 아이는 쉽게 변하지 않았다. 상담 몇 번 만에 아이가 180도 달라지리라 기대한 것 또한 큰 욕심이었다. 여전히 공부와는 담을 쌓은 채 밤에는 늦게 잠들고 아침에 늦게 일어나는 생활을 반복

중인 아들을 보자니 마음속에선 늘 갈등하게 된다.

이미 화가 올라오는 상황이었지만 좀 더 부드럽게 말하기 위해 마음을 다스려야 했다.

'나도 쉽게 변하지 않는데 아이만 쉽게 변하기를 바라면 안 되겠지.' 하고 마음먹기를 얼마나 했는지 모른다. 그러나 내 마음을 다스리지 못하는 날엔 여지없이 아이와 말다툼을 하게 되었다.

1992년에 개봉한 〈흐르는 강물처럼〉이라는 영화가 있다.

로버트 레드포드 감독, 브래드 피트 주연의 가족애를 다룬 영화였는데 내용은 기억이 가물가물하지만 20여 년이 훌쩍 지났는데도 극중 목사인 아버지가 마지막에 설교하는 장면에서 남긴 대사만이 뚜렷하게 기억에 남아있다.

"우리는 완전히 이해할 수는 없어도 온전히 사랑할 수는 있습니다."

(We can love completely without complete understanding.)

가족이란 이런 것이 아닐까 생각한다. 자녀를 완전히 이해할 수는 없지만, 온전히 사랑을 준다면 분명 자녀는 마음이 건강하고 단단한 사람으로 성장할 것이다.

그런 면에서 남편과 나는 부모로서의 역할이 부족했었다.

우리는 아이가 부모의 기준선에서 이해하지 못할 행동을 하면 아이의 행동을 갖고 야단친 것이 아니라 아이 자체를 탓했다.

네가 지금은 그런 잘못을 했지만 그럼에도 불구하고 엄마 아빠는 너를 믿고 사랑한다고 한 것이 아니라 다음에 또 그러면 혼날 줄 알라고 협박 아닌 협박을 늘어놓았으니 이 안에서 과연 아이가 사랑을 느낄 수 있었을까?

아마 우리 엄마 아빠는 나를 미워해 라고 가슴 깊이 상처를 받았을 것이다. 그래서 가끔 아이와 함께한 지난날을 돌이켜 보았을 때 부모로서 미성숙한 행동을 보여 아이에게 깊은 상처를 준 것 같아 미안한 마음에 가슴이 아려올 때가 많다.

영화에는 이런 대사도 나온다.

"사랑하는 사람이 도움이 필요할 때 어떤 도움을 주어야 하는지 모를 수도 있고 도움을 원치 않을 수도 있습니다."

남편과 나는 내 아이가 도움이 필요할 때 어떤 도움을 주어야 하는지 몰라서 그 시기를 놓쳐버렸던 것 같다. 지금은 서툴지만 다시는 그런 실수를 반복하지 않기 위해 노력하고 있다. 다만 이 노력이 너무 늦지 않았기를 조심스레 기대해 본다.

서울 안국동에 위치한 천도교회관 앞 기념비에는 어린이날을 선포한 소파 방정환 선생님의 글이 새겨져 있다.

"어른이 어린이를 내리누르지 말자.

삼십 년 사십 년 뒤진 옛사람이 삼십 년 사십 년 앞사람을 잡아끌지 말자.

　낡은 사람은 새 사람을 위하고 떠받쳐서만 그들의 뒤를 따라서만 새로워질 수가 있고 무덤을 피할 수 있는 것이다."

　어린이를 하나의 인격체로 존중하고 소중히 여기는 방정환 선생님의 마음을 엿볼 수 있다.

　옛사람, 낡은 사람인 부모가 단지 먼저 태어나고 경험했다는 이유로 새사람인 우리 자녀들을 가르치고 훈계하려고만 든다면 부모와 자녀와의 거리는 점점 멀어지게 되어있다.

　자녀를 인격적으로 존중해 주고 그들의 이야기를 귀담아 들어주자.

　최근 공익광고협의회에서 상호존중과 통합캠페인으로 대한민국 듣기평가라는 광고가 나왔다. 관계 속 경청의 중요성을 강조하는 내용인데 그중 엄마와 딸이 나누는 대화가 집에서 나와 아들이 나누는 대화와 너무 비슷해서 가슴이 뜨끔했다.

　"네 말만 하지 말고 엄마 말 좀 듣고 그래~." " 어우~. 잔소리 좀 그만해."

　"이게 무슨 잔소리야. 다 너한테 도움이 돼서 하는...(갑자기 딸이 헤드셋을 쓴다.) 엄마 말 듣고 있어?" " 됐어. 알아서 할게."

　이제는 자녀에게 잔소리 대신 믿음을 주는 말, 용기를 주는 말을 하면 어떨까?

　일본의 재일교포 3세로 성공한 사업가인 손정의. 그의 아버지는 어릴 때부터 손정의에게 늘 이런 말씀을 하셨다고 한다.

"너는 천재다. 너는 반드시 위대한 인물이 될 것이다."

이 말씀 덕분에 손정의는 자신이 언젠가는 대단한 인물이 될 거라는 굳은 믿음을 가지게 되어 성공할 수 있었다고 한다.

부모의 말 한마디가 어떻게 아이를 지켜주고 곧게 세워주는지 알수 있는 대목이었다.

기다린다는 의미는 다른 말로 표현하자면 믿음이 아닐까 싶다.

내 아이에 대한 믿음. 내 아이를 믿기 때문에 기다릴 수 있다는 확신.

부끄럽게도 그동안 나는 내 아이를 100% 온전히 믿지 못했었다. 무슨 잘못이라도 저지를까 봐 노심초사하고, 의심의 눈초리로 바라보았으며, 믿지 못했기 때문에 당연히 기다리지도 못했다.

늦었지만 이제야 아이가 홀로 서는 연습을 하는 동안 나는 조용히 바라보고 기다리는 연습을 하고 있다. 언젠가는 뿌리를 튼튼히 내려 홀로 설 수 당당히 서리라는 믿음과 함께.

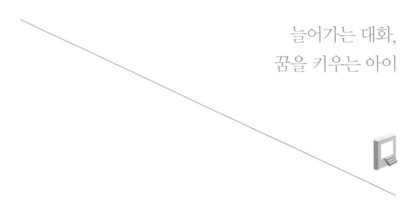

04

늘어가는 대화,
꿈을 키우는 아이

한 차례 큰 폭풍이 지나간 후 감사하게도 아들
과는 전처럼 말싸움을 하거나 크게 다투는 일이 없어졌다. 상담으로
상대방의 마음을 알게 되면서 서로에 대한 존중을 지켰기 때문이 아
닐까 조심스레 생각해본다.

전에는 내 아들이니까, 난 어른이니까 가르쳐야 한다는 생각에 예
상과 다른 행동을 할 경우 아이의 의견을 묻지도 않고 무조건 다그
치거나 잔소리를 늘어놓았었다. 하지만 이젠 웬만하면 부드럽게 이
야기하고 어떤 사정으로 아이가 그런 행동을 했는지 먼저 물어보려
고 노력한다. 마음과는 다른 모습을 아이에게 보여주자니 마치 도를
닦는 기분이었다.

처음에는 잔소리가 먼저 나오려는 것을 간신히 참느라 혼났었지

만, 시간이 지날수록 이도 익숙해지는지 목소리에 차분함이 묻어나왔다.

예전에 선배 엄마들이 고등학생 자식을 키우면 마음을 비우고 내려놓게 된다고 했는데 그 당시에는 잘 이해되지 않았지만, 지금은 그 말에 절실히 공감하고 있다.

짜증 내는 목소리를 최대한 걷어내니 아이 또한 부드러운 말투로 대답을 했다. 그리고 아이는 무엇보다 "고마워요." "죄송해요."라는 말을 자주 사용했다. 자신의 행동에 무조건 당위성을 부여하던 아이가, 내 행동을 지적만 하던 아이가 이렇게나 달라진 것이다.

나의 그런 사소한 행동에 아이의 반응이 달라지는 것을 보니 한편으론 그동안 아이를 너무 내 그릇 속에만 담아두려고 한 것 같아 미안하기도 하고 지난날의 행동에 후회가 일었다.

심리검사결과 아이의 자존감은 아주 낮게 나왔다고 했다. 선천적 기질이 긍정적이고 밝은 아이임에도 불구하고 자존감이 낮게 나왔다는 이야기는 그동안 아이가 가정에서 격려와 칭찬보다는 꾸지람과 무시를 받아왔다는 것으로 해석할 수 있었다.

아이의 자존감이 높아지려면 사소한 일에도 구체적으로 칭찬하고, 아주 미미한 부분이라도 노력하는 모습이 보이면 그 부분을 격려해주어야 한다고 한다.

그래서 나는 부모로서 당연한 행동이지만 하지 않았던 이러한 행동들을 조금씩이나마 바꾸기 위해 노력하고 있다.

또 하나, 전과 달라진 점이 있다면 아이의 방에 함께 머무는 시간이 길어진 것이다.

예전에는 밥 먹을 때, 아이에게 가족일정을 통보할 때 등 주로 내가 할 얘기를 전할 때만 잠시 잠깐 머무르는 정도였다. 우선은 아이가 엄마와 한 공간에 오래 있는 것을 그리 좋아하지 않았고, 나 역시 아이와 오래 있게 되면 "방 정리부터 해라. 옷 먼저 갈아입어라. 빨리 씻어라." 등 아이의 행동을 지적하기 바빴기 때문이다.

솔직히 어릴 적 나의 학창시절을 곱씹어보면 나도 비슷했던 것 같다. 교복을 입은 채로 잠들기 전까지 방안에서 뒹굴뒹굴한다든지, 방 정리는 하는 날보다 안 하는 날이 더 많았고, 엄마의 잔소리를 꽤나 듣기 싫어했던 여학생이었다.

만약 아이가 나의 학창시절을 봤더라면 적반하장이라고 놀렸을지도 모른다.

아이는 점차 안정을 되찾아갔다. 가끔 울컥해서 엄마인 나에게 톡 쏘아붙여 말할 때도 있지만 그건 뭐 나도 마찬가지였다. 하루아침에 행동이 뚝딱 하고 바뀌지는 않으니 말이다.

하지만 우리는 전과는 분명 다르게 대처했다.

전에는 서로 화가 난 상태로 감정을 해결하지 못한 채 두었다면 지금은 서로 대화하거나 문자로 자신의 감정이 상대방의 무엇 때문에 좋지 않았는지 솔직하게 얘기해서 잘못한 점은 바로 인정하고 사과한다. 그럼 사과를 받는 입장에서도 기분 좋게 사과를 받아들인다.

그렇게 우리는 좋은 방향으로 서로 소통하는 법을 배우고 있다.

마음이 안정되자 아이는 자신의 꿈에 대해 진지하게 고민하기 시작했다. 스스로 가고자 하는 진로를 정하고, 그러기 위해 자신이 대학을 가야 할지 다른 방안을 준비해야 할지 구체적으로 계획을 하기 시작한 것이다.

하지만 이 모든 계획들은 아이가 말하지 않으면 눈으로 보이지 않기 때문에 그냥 아무 생각없이 있는 것으로 오해하기 쉽다. 당연하다.

어른인 우리도 어떤 일을 계획하고 실행할 때 며칠 동안 머릿속으로 생각하거나 노트에 메모해둔다. 그리고 인터넷이나 책 등 다양한 자료를 찾아보면서 실행에 옮긴다. 하지만 본인이 밝히지 않는 이상 그 사람이 무엇을 하는지 타인이 알기는 어려운 것과 마찬가지다.

그럼에도 어른들은 자녀들을 눈에 보이는 행동들로만 판단한다. 가령 책상에 바르게 앉아서 공부하는 모습이나, 책을 읽는 모습 등 이런 모습을 보이지 않으면 그저 집에서 빈둥거리는 아이로 결정을 해버린다.

얼마 전 나도 그런 실수를 한 적이 있다. 아이가 진로를 고민한다고는 하는데 과연 진짜로 고민하는 건지 도통 모르겠고, 겉으로 보기에는 아무것도 안 하고 있는 것 같아서 내심 불안해하고 있던 차였다. 그러다가 아이와 대화할 시간을 가졌는데 내가 생각한 것보다 더 많은 고민의 흔적이 느껴졌고 분명 아이는 자신의 미래를 위해 어떻게 해야 할지 정확히 알고 있음을 느꼈다.

조금씩이나마 자신의 꿈을 키워가는 단계였던 것이다.

아이들이 겉으로 표현하거나 드러내지 않았을 뿐이지 실제로는 자신의 미래에 대해 치열하게 생각하고 고민하는 중이라는 걸 깨닫게 된 일이었다.

사춘기 자녀의 생각을 알기 위해선 평상시 자녀와 꾸준한 대화가 이루어져야 한다. 즉 자녀와의 관계가 원만할 때 비로소 자녀는 자신의 생각을 가감 없이 부모에게 이야기할 수 있다.

어느 휴일 저녁 아이 방에 들어갔을 때 게임화면으로 채워진 컴퓨터 모니터 앞에 앉아 있는 아이를 보게 되었다. 속으로는 가슴이 쿵쿵 뛰었지만 모른척하며 아이를 불렀더니 아이는 "엄마 이거 잠깐 애들이랑 대화하려고 켜놓은 거예요. 조금 있다가 끌게요."라고 말했다.

나는 알았다고 대수롭지 않게 대답했다. 그리고선 아이에게 "전에 엄마한테 도구 사용해서 디자인하는 법 보여준다고 했었잖아. 지금 잠깐 보여줄래?"하고 물었더니 아이는 기다렸다는 듯이 십분 넘게 내게 자기가 했던 작업들을 친절한 설명과 함께 보여주었다.

그리고 그 날 아들은 정말 게임을 하지 않았다.

그때 만약 내가 전과 같이 게임화면만 보고 짐작해서 아이를 혼냈다면 아이와 대화는 단절되었을 것이며 사이는 더욱 나빠졌을 것이다. 그 짧은 시간 동안 어찌해야 할지 고민했었지만 다른 곳으로 초점을 돌린 나의 행동에 스스로 대견함을 느꼈다.

아이는 한 발 한 발 자신의 미래를 위해 준비하고 있다. 그 아이가 걸음을 내디딜 때마다 부모인 우리는 격려하고, 응원하고, 용기를 북돋워 주면 된다. 감 놔라 배 놔라 하지 않아도 넘어지기도 하면서 언젠가는 자신만의 길을 찾아갈 것이다.

그 언젠가가 빨리 올지 늦게 올지는 아무도 모른다. 부모는 그저 그 자리에서 믿고 기다리기만 하면 되는 것이다.

그렇게 아이는 사춘기라는 과정을 통해 성장하고 있었고, 부모인 우리도 그런 아이와 함께하며 성장하고 있었다.

어렵고 힘든 시기가 있었고 앞으로 없으리란 보장도 없다. 그러나 각자 겪는 이 과정은 처음이니까. 처음이니까 괜찮다.

대신 아이에게 한 번 했던 실수를 되도록 반복하지 말자고 마음속으로 되뇐다.

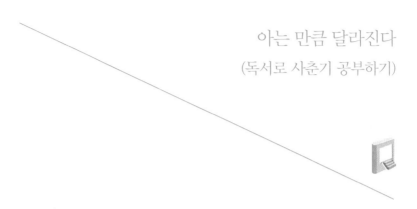

아는 만큼 달라진다
(독서로 사춘기 공부하기)

지랄총량의 법칙이라는 것이 있단다.

사람이 일생을 사는 동안 사용하는 '지랄'의 총량이 정해져 있다는 법칙이다. 어떤 이는 그 양을 사춘기에 다 써버리기도 하고, 어떤 이는 어른이 된 뒤에 그 양을 써버리기도 하는데, 어찌 됐든 나타나는 시기만 다를 뿐이지 죽기 전까지 반드시 그 양을 다 쓴다는 것이다.

그래서 이 지랄총량의 법칙을 사춘기가 오는 청소년들에게 대입해보면 사춘기 때 하는 이상 행동들이 다 그 '지랄'을 쓰는 거겠거니 생각하면 마음이 편해진다고들 한다.

이 이야기를 처음 들었을 땐 너무 공감돼서 박장대소하며 웃은 기억이 있다.

사춘기를 겪는 그 강도는 아이들마다 천차만별이다. 그냥 물 흘러가듯이 평소처럼 자연스럽게 지나가는 아이가 있는 반면 마치 처음 보는 아이를 키우는 것처럼 180도 달라진 모습을 보여주는 아이도 있다.

첫 번째 경우면 정말 감사하겠지만 두 번째 경우가 내 아이라면 부모의 마음은 정말 혼란스럽다. 대처하는 방법을 몰라 막막하기도 하고, 도무지 이해가 안 되는 부분이 수두룩하다.

어디에 하소연하기도 그렇고 속상하고 답답한 마음이 머릿속에서 떠나지 않는다.

그러면서 생각해본다. '나는 안 그랬는데 얘는 왜 이렇게 유별날까?'

우리 어릴 적에는 대부분의 부모님들이 생계 때문에 몹시 바쁘셨다. 그래서 자식들의 사춘기까지 챙겨줄 여유가 없었다. 자식인 우리들도 그런 부모님을 보고 자라왔고 모든 행동을 알아서 결정해야 했다. 잠깐 방황하고 제 자리에 돌아와도 부모님은 잘 모르시는 경우가 많았다. 어쩌면 지금처럼 일거수일투족 부모의 레이더망이 자녀에게 향하고 있지 않았기에 방황을 했어도 그게 사춘기인지 인식하지 못한 채 지나가서 부모와의 마찰이 적었던 게 아닌가 생각해본다. 그리고 컴퓨터 게임문화가 지금처럼 왕성하지 않았을뿐더러 스마트폰이란 것이 없던 시절이었다.

그러나 사회가 많이 발전했다. 달라진 사회만큼 아이들의 감정 상태도 우리 때와는 확연히 다르기 때문에 부모의 어릴 적 경험과 자녀의 행동을 비교해서는 안 된다.

그러므로 독서로 사춘기 자녀의 마음 상태를 공부해보자.

사춘기 책을 읽기 전과 읽은 후의 자녀에 대한 이해도는 천지 차이다.

책은 부모의 욕심을 걷어내어 줌으로써 사춘기로 마음이 혼란스러운 자녀를 이해하고 공감할 수 있게 도와준다.

그런 의미에서 나는 너무 늦게 책을 찾은 편이었다.

큰 아이의 사춘기가 다른 친구들에 비해 늦게 찾아온 이유도 있었고, 내 아이에 대해 다 안다고 방심한 면도 있었다.

남들이 초등학교 5학년부터 시작해 대부분 중학교 졸업할 때쯤이면 끝난다기에 우리 아이는 별 탈 없이 무난하게 지났다고만 생각했었다. 아들을 아는 주변 지인들도 천성이 느긋하고 긍정적이라 사춘기가 없나보다며 부러워했었다.

하지만 고등학교 1학년이 될 무렵 아이는 서서히 사춘기를 겪기 시작했다.

그러더니 2년 동안 살얼음판 걷는 기분을 거의 매일같이 선사해주었다.

아이만의 문제라고만 생각하기엔 무리였다. 마음이 너무 울적하고 답답했다.

어느 날 도서관에 가서 혹시 사춘기 책이 있을까 싶어 검색해보니 생각보다 많은 책이 검색되었다. 나보다 먼저 사춘기 자녀를 키운 분들의 생생한 경험담과 조언도 있었고, 청소년 상담을 하고 계신 분들의 상담사례를 엮은 책들도 보였다.

그중 마음에 확 와닿는 책을 발견했다. 바로 이진아 브랜드유 리더십센터 소장의 〈지금 내 아이 사춘기 처방전〉이었다.

반항아, "짜증 나!"를 입에 달고 사는 아이, 게임과 스마트폰에 집착하는 아이, 공부 스트레스, 아빠의 권위주의에 침묵으로 맞서는 아이, 이성 친구 사귀는 아이 등 목차에 있는 에피소드가 다 신기하리만치 내 아들 얘기가 아니던가?

이 책, 나를 위한 책이구나 싶어 단숨에 읽어 내려갔다.

"아이는 더 이상 내 품 안의 아이가 아니다. 독립적 존재라는 것을 인정하자. 다시 말해 내 소속이 아니라 옆집 소속이라고 생각하자. 아이가 사춘기에 접어드는 순간 아이의 방은 이웃집이라고 생각하라. 이웃집에 노크도 없이 드나들 수 있겠는가?"

−〈지금 내 아이 사춘기 처방전〉, 이진아

내 아이를 이웃집 아이로 생각하라는 말에 정말 많이 반성했다.

사실 20년 가까이 학생들을 가르치고 있기에 그 감정을 잘 안다. 나 자신도 이중적이라 느낄 때가 한두 번이 아닐 정도로 나는 가르치는 학생들에게는 아주 친절하고, 세상 그렇게 상냥한 선생님일 수가 없다.

그 친절함과 상냥함을 아이들에게도 적용을 했어야 했는데 내 아이들을 소유물로 여겨서였는지 그러질 못했다.

아이들이 초등학생이었을 때 큰 아이 친구들이 집에 놀러 온 적이 있었다.

친구들에게 맛있는 것도 해주고, 친절하게 대하는 엄마의 모습이 낯설었던지 작은 아이가 나에게 이렇게 물어보는 것이었다.

"엄마, 왜 엄마 아닌 것처럼 갑자기 말을 예쁘게 하고 친절해?" 그 어린아이가 보기에도 이중적이었나보다. 그때 좀 더 일찍이 내 모습을 반성하고 깨달았으면 좋았을 텐데 하는 아쉬움이 남는다.

또한 이 책에는 칭찬에 서툰 부모들을 위해 사춘기 자녀를 칭찬하는 방법들을 소개하고 있다. 평소 나 또한 칭찬과는 거리가 멀었기에 그 내용들이 유독 가슴에 남았다.

"당연한 것을 잘했을 때도 칭찬하기, 눈에 보이지 않는 것을 찾아서 칭찬하기, 평가하지 말고 칭찬하기, 칭찬할 때 감탄을 수반하기, 아무 때나 칭찬하기" 등은 꼭 사춘기 자녀가 아니어도 평상시 자녀들에게 사용하라고 권하고 싶다.

그동안 우리 아이들에게 나란 엄마는 칭찬에 인색한 사람이었을 게다.

그저 장난꾸러기에 철이 없는 아이들 같아 도대체 칭찬을 한 적이 언제였는지 기억이 가물가물할 정도였다.

이제 중학생, 고등학생인 아들들에게 별 것 아닌 것으로 칭찬하려니 쑥스럽기도 하고, 아직은 칭찬보다 잔소리가 목구멍까지 찬 적이 한두 번이 아니지만, 아이들과의 관계개선이 확실히 도움이 되는 것을 알기 때문에 조금씩 실천하는 중이다.

이 밖에도 박형란 선생님의 〈사춘기 아들의 마음을 여는 엄마코칭〉, 신정이 코치의 〈엄마의 코치력〉 뿐만 아니라 외국 사춘기 아이들도 우리랑 크게 다르지 않음을 느꼈던 애덤 프라이스의 〈당신의 아들은 게으르지 않다〉 등 수많은 사춘기 관련 책들을 읽으면서 내 아이의 행동을 이해함으로써 아이에 대한 서운함과 분노를 없앨 수 있었다.

그리고 부모인 내가 먼저 달라지고 포용할 수 있었다.

그렇지 않았다면 지금도 끝날 기미가 안 보이고 2년간 지속되고 있는 아이의 사춘기에 난 크게 당황하고 배신감에 사로잡혀 포기했을지도 모른다.

책으로 공감하고 위로받으면서 한 템포 쉬며 사춘기 자녀를 바라본다면 분명 부모와 자녀 모두 건강하게 이 시기를 지날 수 있을 것이다. 아는 만큼 보인다고 하지 않던가?

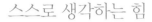

06

스스로 생각하는 힘

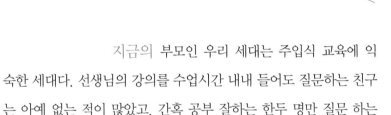

지금의 부모인 우리 세대는 주입식 교육에 익숙한 세대다. 선생님의 강의를 수업시간 내내 들어도 질문하는 친구는 아예 없는 적이 많았고, 간혹 공부 잘하는 한두 명만 질문 하는 편이었다.

그렇다면 우리 아이들 세대는 좀 나을까? 선생님의 질문에 대한 답변을 하는 친구는 예전보다 많아지긴 했어도 질문하는 친구는 찾아보기 어렵다.

질문에 관한 아주 유명한 일화가 있다.

2010년, 주요 20개국 정상들의 회의인 G20 정상회의가 서울에서 개최되었다.

마지막 폐막식 날, 미국 버락 오바마 대통령이 연설을 끝낸 후 개

최국임을 배려해 한국 기자들에게 우선으로 질문권을 주었다. 예상치 못한 오바마 대통령의 제안에 순간 정적이 흘렀고, 그다음 한 기자가 손을 들었다. 아쉽게도 그 기자는 중국의 기자였다.

오바마 대통령은 "저는 공정하게 한국 기자에게 질문을 요청했어요."라며 정중히 거절했지만, 중국 기자는 "한국 기자들에게 제가 대신 질문해도 되는지 물어보면 어떨까요?"라고 물었다. 오바마 대통령은 "그것은 한국 기자가 질문하고 싶은지에 따라서 결정되겠네요. 없나요? 아무도 없나요?" 결국 질문은 중국 기자에게 넘어갔다.

이 영상을 본 이들이라면 그 짧은 정적의 시간이 참으로 길게 느껴지는 게 비단 나뿐만이 아니었을 것이다. 영상으로 보는데도 그 순간 얼굴이 화끈거렸다.

그런데 과연 이 문제를 기자 탓으로만 돌릴 수 있을까? 나라면, 내가 기자라면 그 상황에서 선뜻 손들고 질문할 수 있었을까 생각해본다.

나는 이 상황이 우리나라의 교육방식과 무관하지 않다고 생각한다.

질문을 한다는 것은 스스로 '왜?'라는 의문을 품고 사고하는 과정을 거치는 것이다. 스스로 생각하는 연습이 되어야지만 질문을 갖게 되는 것이다.

과연 스스로 생각하는 힘은 어떻게 기를 수 있을까?

그 해답은 미국의 세인트존스대학교의 수업방식을 통해 알 수 있다.

이 학교의 커리큘럼은 4년 동안 소크라테스, 단테, 플라톤 등의 고전 100권을 읽고 토론하는 것으로 이루어져 있다.

학생들은 매일 300~400쪽을 읽으며 읽다가 의문이 생기면 바로 친구들과 토론을 한다.

토론 수업에는 두 명의 교수가 함께하는데 이들은 학생들이 누구하나 빠짐없이 자기 의견을 주저하지 않고 얘기하는 동안 조용히 듣고 있다가 가끔 질문을 던지거나, 대화가 주제에서 벗어나지만 않도록 도와주는 역할을 할 뿐이었다.

수업에 참여하는 학생들이 말하기를 책을 읽고 열성적인 토론을 거치면서 '왜?' 라는 질문이 머릿속에 자꾸 생김으로써 생각이 꼬리에 꼬리를 문다는 것이다.

토론을 통해 경청하는 자세와 다른 사람의 생각을 존중하는 마음이 생기고 그 안에서 다양한 관점과 해석을 듣고 생각지도 못했던 다양한 아이디어를 접함으로써 비판적 사고와 함께 분석력이 자연스럽게 향상된다.

바로 독서를 통해 '왜?' 라는 의문을 갖는 자세가 스스로 생각하는 힘의 바탕인 것이다.

'왜?' 라는 질문은 뇌를 자극하여 사고력과 문제 해결력을 키워

준다.

많은 학자들 또한 독서 할 때의 이러한 자세를 강조한다.

〈지식인의 서재〉 김진애 박사도 마찬가지로 이 부분을 강조했다.

"책을 읽을 때는 의문을 가지고 읽어야 해요. 적극적으로 읽어야 자신의 생각과 의문과 고민이 생기는 겁니다. 그것이 없으면 책을 읽는 의미가 없어요."

그러므로 책을 다 읽은 후 생각하는 시간을 갖는 것은 중요하다.

나의 경우 책을 읽는 동안 의문이 생기거나 이해가 안 가는 부분, 기억하고 싶은 부분은 인덱스 스티커를 붙여둔다. 그리고 책을 다 읽고 나서는 표시한 자리를 다시 한번 읽으면서 독서 노트에 옮겨 적기도 하고 내 생각을 덧붙여 쓰기도 한다.

그렇게 하다 보면 의문을 가졌던 부분의 해답을 스스로 찾기도 하고, 생각을 정리할 수도 있다.

"단순히 정보처리 속도를 높이는 것이 목적이라면 독서는 무의미하다. 주체적으로 생각하는 힘을 기르는 것, 이것이야말로 독서의 본래 목적이다."

– 히라노 게이치로

몇 년 전부터 우리나라에 유대인의 교육법이라 부르는 하브루타가 인기를 끌고 있다.

하브루타는 짝을 지어 질문하고, 대화하고, 토론하고, 논쟁하는 것을 의미한다.

가정이나 학교에서 혼자 조용히 공부하도록 교육받고 그것이 익숙한 우리나라에선 다소 생소할 수도 있겠지만, 도서관에서 시끄럽다고 느낄 만큼 토론하고 자신의 생각을 적극적으로 말하는 하브루타가 그토록 주목받는 이유는 전 세계 75억 인구의 0.2%에 불과한 1500만 명 남짓의 유대인들의 세계적인 성공과 파워가 이를 증명해준다.

역대 노벨상 수상자의 약 30%가 유대인이며 세계 경제를 주름잡고 있다 해도 과언이 아니다. 이들은 어려서부터 끊임없는 질문과 대화하는 분위기에서 성장한다. 가정에서 식사를 하더라도 조용히 식사를 하는 우리네 가정과는 다르다.

유대인의 교육현장에서 가장 자주 사용하는 말이 "네 생각은 무엇이니?"라고 한다.

하브루타는 자신이 생각하는 것을 상대방에게 말로 설명하면서 알고 있는 것과 모르는 것을 스스로 정확히 알게 되고 이를 보완하는 과정에서 사고가 명확해지고 활발하게 일어난다.

말하는데 실수를 하거나 다소 틀린 대답을 내놓아도 개의치 않는다.

이러한 경험은 능동적으로 상황을 지혜롭게 대처하며 한 가지 사고가 아닌 융합적 사고를 가능하게 한다.

하브루타를 처음 접했을 때의 그 멍한 기분을 잊을 수 없다.

논술을 가르치고 있는 나조차 아이들에게 책에 대한 내 지식만 전달한 건 아닌가 싶어 깊이 반성하는 계기가 되었다. 그동안은 아이들의 질문과 의견을 중시하는 수업이 아닌 내가 만든 질문의 틀 안에서만 아이들을 생각하게 한 것 같았다.

어른인, 부모인, 교육자인 내가 먼저 바뀌어야 한다.

이제 가정에서나 교육현장에서 일방적으로 가르치는 사람이 아닌 아이들 스스로 생각하고 질문하는 과정에서 스스로 답을 찾고 성장하도록 작게 도움을 주는 역할이 나의 역할인 것이다.

지식과 정보가 풍부한 4차 산업 혁명 시대에는 올바른 지식과 정보를 찾을 수 있는 능력을 요구한다. 그러기 위해서 정확한 분별력과 비판적인 사고력과 이해력이 필요하다.

항상 왜라는 의문을 갖고 자꾸 스스로 생각하는 연습을 하다 보면 이러한 능력들은 저절로 길러질 것이다.

07

행복한 부모가 되자

어렸을 적 우리 집은 넉넉한 형편이 아니었다. 부모님은 저녁 늦게까지 늘 맞벌이를 하셨고 초등학교에 졸업하기 전까지는 단칸방에서 생활했었다. 넉넉지 않은 생활은 고등학교 졸업 때까지 이어졌다.

갖고 싶은 것 제대로 못 갖고, 용돈도 다른 친구들보다 풍족하지 못한 시절이었다.

그럼에도 불구하고 그때의 기억들이 힘들고 슬펐던 생활보다 행복한 날들이 더 많이 기억되는 건 부모님 덕분이라 생각한다.

어려운 형편임에도 아버지는 재미있고 정이 많으셔서 주변에 늘 사람이 많으셨다. 그리고 부정적인 말씀을 거의 하지 않으시는 긍정적인 분이시다. 지금도 손자, 손녀들이 오면 재미있게 놀아주실 뿐만 아니라, 음식 솜씨도 좋으셔서 아이들에게 호떡, 떡볶이, 어묵탕 등을 분식집보다 더 맛있게 만들어 주신다. 손주들에게 엄지 척을 받으시는 인기 만점 할아버지다.

엄마는 그 시대 부모님이 대부분 그러하셨듯이 생활력이 강하시고 활동적이신 분이시다.

밤늦게까지 야근하시고 들어오셔도 계절마다 제철 음식과 간식을 항상 만들어 주셨다.

결혼하고 나서 제일 생각났던 게 엄마의 그 손맛이었다. 그런 엄마의 음식 하시는 모습을 보고 자라온 덕에 나도 음식 솜씨 좀 있는 아내이자 엄마로 살고 있다.

감사하게도 나는 부모님의 긍정적이고 부지런한 마인드를 고스란히 물려받아, 어디에 데려다 놓아도 적응 잘하고 사람들과 잘 어울린다.

그렇게 스스로를 긍정적이라고 믿었는데 사춘기 아들의 모습은 그런 나를 흔들기에 충분했다.

시간이 흐를수록 강직한 남편과 자유로운 영혼인 아들은 마치 팽팽한 줄다리기 줄을 잡아당기는 선수들처럼 보였다. 이들의 관계는 하루도 빠짐없이 팽팽하다 못해 끊어질 정도였다. 그 가운데서 나는 더 이상 줄을 잡아당기지 않도록 이쪽, 저쪽으로 분주하게 다니는 역할을 맡다 보니 금세 지치고 긍정적인 에너지가 고갈되는 기분이었다.

나의 하루가 점점 내 의지와 기분이 아닌 가족들의 감정변화에 치우쳐감을 느꼈다.

그즈음 〈행복한 청소부〉라는 동화책으로 수업을 준비하면서 행복에 대해 다시금 생각해 볼 수 있었다.

행복의 기준은 사람마다 다르다. 소위 말하는 번듯한 직업에 돈을 많이 버는 것이 행복이라 하는 사람도 있을 것이고, 물질적인 것보다는 다른 것에 가치를 두고 행복을 판단하는 사람도 있을 것이다. 남들이 선망하는 직업을 가질 수 있음에도 현재 자신의 생활에 만족하며 행복함을 느끼는 주인공을 보면서 여러 생각을 했다.

내가 바라는 행복은 어떤 것일까? 다른 이에게 보이기 위한 행복은 아닐까?

진짜 나를 위한 행복인가? 내 행복의 기준은 무엇인가? 그 기준은 이루지 못할 정도로 높은 것인가 아니면 평상시 자주 느끼는 것인가?

그렇다면 현재 나는 행복한가?

"가족을 짐이 아닌 축복으로 생각하게 되자 가족과 함께 있는 시간도, 일을 하고 있는 시간도 모두 즐거워지기 시작했죠."

−〈청소부 밥〉, 레이 힐버트, 토드 홉킨스

그동안 이 집에서 내가 아니면 안 된다는 생각에 뭐든지 잘 해내려고 했다.

도움이 필요함에도 가족에게 요청은커녕 꾸역꾸역 혼자서 하다 보니 몸은 몸대로 힘들고 불필요한 감정만 쌓여갔다. 혼자서 가족을 짐으로 생각하게끔 행동하고 있었던 것이다.

힘들면 가족에게 도움을 요청하면 된다는 것을, 남편과 아들에게 지금 내 기분과 상황을 설명하고 그들이 한 발씩 물러서게끔 부탁하면 된다는 것을 뒤늦게 깨달았다.

결혼하면서부터 늘 빼먹지 않고 하던 기도가 있다.

"오늘 하루 동안 우리 가족 건강과 안전을 지켜주셔서 감사합니다."

작으면서도 소중한 것에 감사하는 마음을 갖는 것. 그것이 행복임을 잠시 잊고 있던 것이다.

몇 년 전부터 하루 중 느꼈던 감사함을 솔직히 적는 〈감사 일기〉가 온오프라인에서 화제다. 그 인기를 반영하듯 최근에는 다양한 감사 일기장이 나와 선택의 폭이 넓어졌다.

몇 달 전부터 수첩에 하루 3가지씩 감사 일기를 짤막하게 쓰기 시작했는데 그것이 습관이 되어 지금도 쓰고 있다.

처음 며칠 동안은 비슷한 내용이 주를 이루었으나 점차 시간이 갈수록 감사 내용이 다양해지고 별 것 아닌 내용도 쓰고 있다는 것을 알게 되었다..

감사 일기를 쓰자 아주 사소한 것에도 감사한 마음을 갖게 되었으며 행복을 느끼는 순간도 자주 찾아왔다.

5분도 채 걸리지 않는 〈감사 일기〉가 내면을 치유해 주리라곤 생각지 못했었다.

마음이 괴롭거나 힘든 하루를 겪었어도 그 안에서 감사할 이유를 찾아 일기를 쓰는 날은 마음이 진정되고 객관적으로 상황을 살펴봄으로써 편안하게 하루를 마감할 수 있었다.

매일 단 세 줄만 쓰는 이 일기가 주는 효과를 생각해 기꺼이 시간을 내어 써보기를 바란다.

토끼풀이라 일컫는 클로버가 있다. 무리 지어 있는 이 클로버들은 대부분 세잎 클로버로 이루어져 있는데 간혹 네잎 클로버도 있지만 이를 찾을 확률은 만분의 일이라고 한다.

그럼에도 불구하고 우리는 그 찾기 어려운 네잎 클로버를 찾고자 많은 시간을 할애한다.

우리의 일상 속 모습도 이 클로버의 꽃말과 비슷하지 않을까 생각한다.

세잎 클로버의 꽃말은 행복, 네잎 클로버의 꽃말은 행운이다.

많은 사람들이 행운을 오기를 간절히 기대한다. 그러나 행운에만 의지하게 되면 행운이 오지 않는 자신의 상황을 불행하다고 여기기 쉽다.

주변에 가까이 있는 행복은 무시한 채 행운만을 찾기 위해 인생을 낭비하는 것은 아닌지 생각해 볼 필요가 있다.

사랑을 받아본 사람이 사랑을 줄 줄 아는 것처럼, 행복한 감정을 많이 느껴본 사람만이 행복을 전할 수 있다.

행복은 전파력이 강하다.

부모의 행복한 모습은 고스란히 자녀에게 전달되어 자녀의 인격 형성에 큰 영향을 줄 것이다. 뿐만 아니라 주변 사람들에게도 마찬가지다.

일상에서 당연시 여겼던 것도 감사할 줄 아는 부모, 행복한 부모가 많아진다면 우리 아이들의 미래도 분명 행복하리라 믿는다.

아이들에게 독서습관을 키워주고 싶어요.

1. 글을 읽을 수 있어도 아이에게 책을 읽어 준다.

– 보통 아이가 글을 읽을 수 있으면 스스로 책을 읽도록 하지만 중학생 까지 부모가 책을 읽어 주는 것이 좋다. 책을 읽어 주는 부모의 목소리 에서 아이는 사랑과 정서적으로 안정을 느끼고, 읽기보다 듣기 능력이 더 발달해 있는 시기이기 때문이다.

부모와 이야기를 통해 교감을 느끼고 이 과정에서 독서란 즐거운 것이라 는 인식이 자리잡히게 된다.

2. 책을 읽은 후 아이와 간단한 독후 활동을 함께 한다.

– 책을 읽고 책의 주제와 어울리거나 책 속에 나온 활동을 함께 해보는 것이다.

예를 들어 〈바람이 불어요〉라는 동화책을 읽으면 바람개비를 만들어보 고, 〈나는 토마토 절대 안 먹어〉를 읽고 나서는 토마토 카나페 만들기 등 을 함께 한다면 다음 책에서는 어떤 활동을 할지 책의 내용을 기대하는 효과가 생긴다.

3. 책을 읽어 준 후 결말은 쉿!

– '젊은 베르테르의 슬픔'의 작가 괴테의 어머니는 괴테가 어린 시절 책 을 읽어 줄 때 끝까지 읽어 주지 않고 항상 결말 부분에서 책을 덮고 " 자! 이다음은 어떻게 되었을까? 나머지 부분을 완성해서 이야기해줄 래?"라고 했다. 덕분에 괴테는 창의적으로 상상하는 습관을 기를 수 있 었고 우리가 아는 유명한 작품들을 남길 수 있었다고 한다.

"부부가 독서를 함께 하면 대화의 주제가 풍성해진다"

제 4 장

거시적 관점의 독서를 하라

✸

매일 꾸준히 15분을 읽는다면
어느새 나도 모르게 의식하지 않아도
저절로 손이 책으로 갈 것이며
15분이라는 시간이 30분, 1시간으로
늘어나게 될 것이다.

01

거시적 관점의 독서로
숲을 보자

거시적 관점이란 사회문화 현상을 이해하는
과정에서 사회 전체를 관련지어 폭넓게 연구하는 관점을 말한다. 전
체를 보며 그 특징을 파악하는 것이다.

독서도 마찬가지다. 다양한 분야의 책을 두루두루 읽어야 전체적
인 시야가 넓어지는 것을 경험할 수 있다. 그런데 처음부터 다양한
분야의 책을 읽기란 쉽지 않다. 특히 책을 거의 읽지 않다가 읽으려
고 할 때는 더욱더 그렇다.

한 조사에서 우리나라 성인들이 선호하는 도서 장르로 1위가 소설
로 가장 많았고, 그 뒤를 이어 자기계발, 시 · 수필 · 에세이, 역사 ·
인문학 순이었다. 철학이나 정치 · 사회과학은 가장 낮은 순위를 기

록했다.

그럼 왜 좋아하는 분야의 책만 읽으면 안 될까? 어차피 독서를 하는 것에 의미가 있으니 내가 읽고 싶은 것만 읽어도 되지 않을까? 물론 그건 읽는 사람의 자유이다.

하지만 편중된 독서는 편중된 생각을 갖게 한다.

거시적 관점의 독서를 하게 되면 각기 다른 분야의 전문가들로부터 정보와 지식을 체계적으로 얻게 된다. 우리는 이를 통해 보다 광범위한 생각을 함으로써 생산적이고 융합적인 사고를 할 수 있게 되는 것이다.

개인적으로 느꼈던 분야별 책의 특징에 대해 살펴보겠다.

소설 문학

소설은 가장 집중력 있게 읽을 수 있고, 상상력을 키울 수 있다. 또 소설에는 한 시대의 모습이 그대로 담겨있기에 역사적 관점에서 봐도 충분히 볼 가치가 있다. 하지만 소설에도 다양한 장르가 있기에 무조건 흥미 위주로만 가지 않도록 주의해야 한다.

중학교 때 위인전과 추리소설만 읽었던 내게 독서의 수준을 한 단계 높여준 친구가 있었다.

다른 친구들이 로맨스 소설에 흠뻑 빠져 있을 때도 고전문학을 읽고 있던 친구였다.

그 친구와 점심시간이나 쉬는 시간에 운동장을 걸을 때면 자신이 읽었던 책에 대해서 이야기를 해주곤 했다. 줄거리를 얼마나 재미있게 말해주던지 친구에게 책 내용을 들은 날에는 서점으로 가서 그 책을 찾아보았다. 집안 사정이 넉넉한 편이 아니었기 때문에 친구가 말해준 책들 중 몇 권만 사서 읽었는데도 감성이 풍부하던 시절이라 그런지 쉽게 내용에 흠뻑 빠져들었었다.

벌써 30년이 지났는데도 친구가 이야기해준 책의 제목들을 기억하는 것을 보면 그때의 시간들이 나에겐 뜻 깊은 기억으로 남아있는 듯하다.

괴테의 젊은 베르테르의 슬픔, 헤밍웨이의 노인과 바다, 톨스토이의 부활, 죄와 벌, 헤르만 헤세의 데미안 등 친구가 내게 전해준 주옥같은 명작들은 정말 많았다.

고전문학이나 소설 속에는 수많은 인물들의 다양한 삶이 녹아들어 있다. 그 다양한 삶 속에는 예기치 못한 상황이 발생하기 때문에 이를 지속적으로 읽게 되면 상황을 대처하는 능력을 배우게 된다. 15살의 나이에 나는 친구를 통해 책 속의 수많은 인물들을 만났다. 이는 다른 사람을 이해하고 공감하는 능력을 배우게 되므로 성인이 된 후 사회성에도 영향을 주었다고 생각한다.

그 시절 친구를 통해 고전문학을 만난 건 행운이었다.

역사

학창시절에는 역사 시간이 재미없고 지루한 시간이라 생각했었는데 성인이 되어 읽게 된 조선왕조실록은 역사책이 지루하지만은 않다는 것을 일깨워 주었다.

과거를 알아야 현재를 알 수 있다. 지금 벌어지는 상황이나 행동의 이유를 알려면 과거에 어떤 일이 있었는지를 살펴보면 된다. 그렇기 때문에 역사를 배우는 것은 정말 중요한 일이다. 무엇보다 과거의 실수를 앞으로는 반복하지 말자는 의미가 더 크다.

정치 · 경제

정치나 경제와 관련된 책은 쉽게 손이 가지 않는 책 중의 하나이다. 그럼에도 불구하고 읽어야 하는 이유는 바로 책을 읽음으로써 지금의 정책과 법이 기득권만을 위한 리그가 되지 않도록 견제하고 목소리를 낼 수 있기 때문이다. 또 빠르게 변화하는 세상에 미래를 대비할 수 있는 통로를 마련해 주기도 한다.

자기계발

사람들이 쉽게 접할 수 있는 분야로 자기계발서를 읽는 이유는 변화된 삶을 살기 위함이다.

과거나 현재 성공한 사람들의 생활 속에서 그들의 마인드와 행동을 닮으려고 노력하는 사람들이 많이 읽는 편이다.

몇 년 전 한 지인이 내게 말했다. 자기계발서를 많이 읽어도 바뀌는 부분도 없고 괜히 큰 기대만 해 봤자 나중에 상실감만 크기 때문에 자기는 더 이상 읽지 않는다고 말이다. 맞는 얘기다. 그렇기에 자기계발서를 읽을 때는 하나라도 변화를 이끌기 위한 행동을 본인이 직접 해야 한다고 생각한다. 책의 내용을 행동에 옮기며 한 번이라도 변화를 맛본 사람들은 꾸준히 자기계발서를 읽음으로써 자신의 잘못된 점을 반성하고 고치려고 노력하게 된다.

인문학

4차 산업혁명 시대는 개인주의가 더 만연할 것이라고 하지만 한편으로는 멀리 있는 나라의 친구들과도 쉽게 이야기할 수 있는 세계화된 세상이기 때문에 무엇보다 소통의 중요성이 대두될 것이다. 생전 인문학의 중요성을 강조해 온 스티브 잡스가 만든 제품들은 대부분 사람을 깊게 관찰해서 나온 결과물이라고 한다.

이렇듯 인문학은 사람을 알기 위함이다. 인문학의 중심에는 사람이 있고 사람에 대한 사랑이 있다. 우리는 사람을 공부하는 과정에서 비판적인 사고와 사고의 다양성을 배우게 되는 것이다.

시, 에세이

시나 에세이의 가장 큰 장점은 평범한 일상의 소중함을 일깨워 준다는 것이다. 아주 작고 하찮아 보이는 것도 모든 글의 소재가 된다. 가볍게만 보고 당연하게 여기던 것들이 특별하게 다가올 때 삶의 소중함을 느끼게 된다.

이렇듯 책은 분야별로 각각의 특징이 있기에 우리가 책을 골고루 읽어야 하는 이유가 된다. 10권의 좋아하는 분야의 책을 읽을 때 가끔은 읽지 않는 분야의 책 1권만 읽더라도 생각하는 사고의 변화를 느낄 수 있을 것이다.

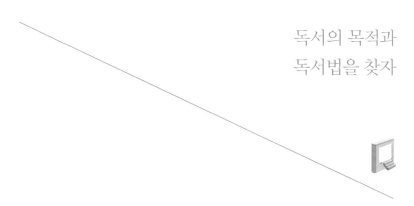

02

독서의 목적과
독서법을 찾자

왜 책을 읽는가? 책을 읽는 목적이 무엇인가?

독서를 하기 전에 이 질문에 대한 답을 곰곰이 생각해 보아야 한다.

우리는 중요한 일을 할 때 목적을 가지고 행동하는 경우와 그렇지 않은 경우를 비교해 보면, 시작은 같을지언정 그 끝은 확연히 다르다는 것을 알고 있다.

예를 들어 직장에 새로 입사한 A와 B가 있다. A는 항상 일을 할 때 어떻게 하면 일을 능률적으로 마치고 자신이 이 일을 함으로써 무엇을 배울 수 있는지를 고민하며 일을 한다.

A는 일의 업무를 1년 안에 완전히 배우겠다는 목표가 있다.

B는 돈을 벌기 위해 어쩔 수 없이 하는 일이니 시간이나 대충 때우면서 서둘러 일을 마무리 짓고자 한다. 1년 후 과연 누가 더 성장할

지는 불을 보듯 뻔한 일이다.

독서도 이와 다르지 않다.

목적이 확실하면 책에서 자신이 원하는 바를 얻기 위해 집중해서 읽게 된다.

허나 목적이 없으면 책을 100권 읽어도 핵심내용은커녕 어떤 내용을 읽었는지도 모르는 경우가 허다하다.

스코틀랜드의 철학자인 토마스 칼라일은 "목적이 없는 사람은 방향타 잃은 배와 같다."고 했다. 목적이 있는 독서는 그 목적에 따라 구체적인 방향으로 나아갈 수 있게 길을 열어주는 것과 같기 때문이다.

사람마다 삶의 목표가 다르듯이 책을 읽는 목적 또한 다양하다.

지식이나 정보를 쌓기 위한 독서가 될 수도 있고 자기계발을 목적으로 할 수도 있다.

또는 지친 심신을 달래기 위한 치유를 목적으로 하거나 스트레스를 풀고 오락이나 즐거움을 위한 독서가 목적이 될 수도 있다.

자신에게 현재 필요한 독서가 무엇인지 생각하고 목적을 정하게 되면 구체적이고 명확하게 책을 선택할 수 있다. 그러면 책을 선택하기도 한결 수월해진다.

그리고 무엇보다 힘을 들이지 않고 독서습관을 기를 수 있다.

자신이 원하는 바가 뚜렷하므로 책을 읽는 것이 지루하지 하고 즐겁다. 읽으면 읽을수록 더 알고 싶고, 한 장 한 장 넘기며 새로운 내용에 즐거움을 느끼는 게 바로 독서의 묘미다.

이것이 바로 책을 꾸준히 읽게 하는 원동력인 것이다.

1년에 한두 권만 읽던 10여 년 전 어느 날, 우연히 내용도 모르고 그저 제목이 마음에 들어 샀었던 책 한 권이 있었다. 기존에 접하던 책의 내용이 아니었던지라 너무 재미있고, 가슴이 벅찼었다. 그 책 속에 소개된 또 다른 책을 읽기 시작했고, 그렇게 읽게 된 책이 어느 순간 돌아보니 열 권, 스무 권이 되어있었다.

그러자 6개월 정도 지났을 무렵에는 목표가 생겼다. 1년에 50권 이상 읽기.

50권이라는 목표를 달성하기 위해 부지런히 책을 읽기 시작했다. 그런데 권수에 치중한 나머지 1년이 지나고 나니까 책을 많이 읽었다는 성취감은 있었지만 무언가 허전했다.

내가 뭘 읽었지? 생각해 보니 기억도 가물가물하니 생각도 나지 않았다.

아! 1년 동안 난 부지런히 그저 눈으로 읽기만 했었던 것이다.

그 뒤 '책을 읽고 독서록 쓰기'로 목표를 수정했고, 해가 갈수록 목적은 더욱더 구체화 되었다. 처음에는 분야에 상관없이 단순히 읽는 권수가 목표였다면 이제는 한 분야의 책을 읽고 난 후 변화될 내 모습을 구체적으로 떠올린다.

예를 들어 올해 나는 '고전 10권 읽기'를 목표로 정했다. 나이가 들어서인지 최근 사람이 궁금해졌다. 그래서 '사람다운 삶에 대해 생각하기'를 목적으로 삼으니 가장 좋은 방법으로 고전 읽기가 생각 났고, 학창시절과 달리 지금 읽으면 어떤 느낌일지 궁금했다. 다른 분야의 책과 번갈아 읽을 계획이고 고전만큼은 천천히 생각할 시간 을 가질 예정이니 1년 동안 고전 10권 독서는 가능할 것 같았다.

물론 10권을 읽는다고 크게 달라지진 않겠지만 인간에 대한 성찰 을 할 수 있는 좋은 계기가 될 것이며 생각의 깊이는 지금보다 더 깊 어지리라 믿는다.

그러므로 책 읽는 목적에서 권수는 최종 목적을 위한 부수적인 목 표가 되면 좋겠다.

권수에만 치중하게 되면 읽기 쉬운, 가독성 좋은 책만 찾게 되고 숫자 채우기에만 급급해진다. 만일 100권을 읽기가 목표라면 100권 을 왜 읽으려고 하는지 그 목적을 잘 생각해 보기 바란다.

이제 목적 있는 독서로 독서습관을 키웠다면 자신에게 맞는 독서 법으로 즐겁고 효율적인 독서로 만들어보자.

독서법이란 책을 읽는 방법을 말한다.

책을 한 권 읽었다는 기준이 저마다 다르듯이 독서법도 사람마다 다르다.

독서 하는 사람들이 독서법을 찾는 이유는 보다 효율적으로 책을 읽고 책의 내용을 잘 기억하기 위함이다.

우리 선인들 중에도 독서법 하면 떠오르는 분들이 있다. 세종대왕과 다산 정약용.

세종대왕의 독서 하면 바로 '백독백습'이다. 백 번 읽고 백 번 쓰기.

다독왕으로 유명한 세종대왕은 책을 묶은 가죽끈이 닳아서 끊어질 때까지 한 권의 책을 무려 백 번씩 읽었다고 한다. 책을 완벽히 자신의 것으로 만들 때까지 읽고 또 읽었던 것이다.

'초서 독서법'으로 알려진 정약용의 독서법은 우선 책을 읽고 자신의 생각을 정리한다.

그리고 그 생각을 기준으로 책에서 필요한 내용을 뽑아 필사하고, 거기에 자신의 생각을 덧붙여 쓰는 방식이다. 이 방법으로 정약용은 유배 생활 18년 동안 500권이 넘는 책을 남겼다고 한다.

"독서에는 세 가지가 있다. 입으로 읽고, 눈으로 읽고, 손으로 읽는 독서다.

그중에서 가장 중요한 것이 손으로 읽는 독서 '초서'다."

지금도 많은 독서가들이 자신만의 독서법을 만들어 사람들과 공유하기도 한다. 독서법 하나하나에는 저마다의 특징이 있다. 독서를 하면서 겪었던 수많은 시행착오를 극복하며 터득한 나름대로 그들만의 노하우다.

말 그대로 독서법은 독서를 잘하기 위한 방법이니 이러한 다양한 독서법 책을 읽고 하나씩 따라 하다 보면 자신에게 맞는 방법을 찾을 수도 있고, 이를 토대로 새로운 방법을 찾아낼 수도 있다.

이렇게 찾아가는 과정 역시 독서를 더욱 풍성하고 가치 있는 시간으로 만들어 주리라고 본다.

도서관, 거시적 관점의
독서를 하기에 최고의 장소

우리가 원하는 책을 읽는 방법은 주로 세 가지 경우이다. 인터넷으로 주문하거나 전자책을 이용하는 경우와 서점에서 직접 책을 구입하여 읽는 경우, 그리고 도서관을 이용하는 것이다.

우선 인터넷으로 책을 구입하는 경우 원하는 책을 편하고 빠르게 받아 볼 수 있다는 장점이 있지만, 책을 구매하는 사이트 화면으로는 주로 베스트셀러나 추천하는 책들만 보여주기 때문에 몇 번의 터치와 클릭만으로 많은 책을 한 번에 접하는 데는 한계가 있다.

반면 서점은 구입하려는 책과 더불어 비슷한 다른 책들을 직접 읽어볼 수 있는 데 매력이 있다. 많은 책이 분야별로 잘 나뉘어 있으며 그중 소위 베스트셀러라 불리는 잘 나가는 책들은 주로 눈에 가장 잘 띄게 진열해 놓기 때문에 진열된 책들의 제목만 봐도 최근의 동향을 한눈에 살펴볼 수 있다. 대신 현재 판매되는 책들만 두기 때문에 절판되거나 오래된 책을 찾기는 어렵다.

그럼 모든 분야의 책을 직접 읽어볼 수 있고 최근 책부터 오래된 책까지 구비되어 있는 곳은 어디일까? 도서관이다.

거시적 관점의 독서는 한두 가지 분야의 책만 읽는 것에서 벗어나 다양한 분야의 책을 읽음으로써 관점의 범위를 넓혀 가는 것을 의미한다. 그런 의미에서 도서관은 최고의 장소라 말할 수 있다.

우선 도서관에는 적게는 수천에서 많게는 수십만 권의 도서들이 분야별로 잘 정리되어 있다. 원하는 분야의 책을 더 깊이 있게 파고들 수도 있고, 잘 읽지 않는 분야의 책들도 책을 찾는 과정에서 자연스레 접할 기회가 주어진다. 이런 과정이 반복되다 보면 내가 읽고 있는 분야가 나도 모르게 늘어나 있는 것을 경험하게 된다.

결혼 후 두 아이의 엄마가 되어 도서관을 처음 찾았을 때는 주로 어린이 도서관만 이용했다.

아이들이 잠시 엄마와 떨어져도 괜찮을 무렵부터는 아이들을 어린이 도서관에 두고 후다닥 관심 분야의 서가로만 가서 재빨리 책을 빌렸었다. 다른 곳을 볼 여유도 없었다.

아이들도 크고 관심 분야의 서가가 익숙해질 무렵, 도서관에서 머무는 나만의 시간이 조금씩 늘어났다. 책을 천천히 살펴볼 수 있는 시간이 주어지자 내 눈은 바로 옆 분야의 서가로 이동하게 되었다. 서가 위쪽부터 제목을 쭉 훑다가 마음에 드는 제목이 발견되면 책을 꺼내어 목차와 어느 한 부분을 펼쳐서 읽기 시작한다. 나의 눈높이에서 잘 읽힌다고 생각되면 그 책을 고르면 되는 것이고 어렵거나 관심이 안가면 그대로 다시 두면 된다.

처음에는 요리와 인테리어에 심취해 한창 관련 책을 읽으며 요리 삼매경에 빠지거나 집 꾸미기로 시간을 보냈었다. 그러다가 소설을 읽을 때면 헤어나오지 못해 밤을 새우는 날이 많았다. 때로는 영어를 마스터하리란 굳은 다짐으로 외국어 분야에서 한참 머물기도 했었다. 가끔 TV에서 본 역사와 경제 쪽에 관심이 생기면 그 분야의 책을 한 번씩 보기도 한다. 이제는 도서관에 가면 분야에 상관없이 전체적으로 책의 제목을 보는 게 습관이 되었다.

이렇게 해서 한 해 동안 내가 도서관에서 빌린 책의 목록을 살펴보면 그때 어떤 분야에 관심이 있었는지 확인할 수 있고 나의 독서 범위가 어느 정도 늘어났는지를 쉽게 파악할 수 있었다.

그렇게 책은 나의 생활과 생각의 많은 부분을 차지하게 되었다.

도서관 내에서도 최근 한 달 동안 대여 순위 1위부터 20위까지의 도서목록을 공개하거나 연령별 추천도서, 최근 인기검색어 관련 도서 등 다양한 방법으로 책을 소개한다.

도서관마다 다르지만, 신간 도서와 도서관에서 인기 있는 책들을 쉽게 볼 수 있도록 따로 서점처럼 진열대 위쪽에 표지가 보이게끔 두기도 하거나 주간마다 특별코너를 두어 한 분야의 책을 소개하기도 한다.

그리고 도서관에는 언제나 우리를 도와주시는 사서 선생님들이 계신다. 도움을 요청하면 사서 선생님들이 무엇이든지 친절하게 알려주시니 두려워하지 말고 궁금한 게 있다면 물어보자.

도서관이 좋은 또 하나의 이유. 이 모든 책들이 공짜라는 것이다.

읽고 싶은 책을 읽기 위해서는 비용을 지불해서 책을 사야 한다. 책을 마음껏 살 수 있는 정도의 경제적 여유가 있다면 괜찮겠지만 대부분 한 달에 책을 구입하는 금액은 정해져 있기 때문에 읽고 싶은 책을 맘껏 구매하기란 비용적인 면에서 쉽지 않다.

그리고 그 많은 책들을 보관하려면 충분한 공간이 필요하다. 책들이 모이면 나름 부피가 있어서 방의 한 면은 금방 채워진다. 책에 욕심이 있는 사람이라면 방 한 곳을 순식간에 책으로 채우는 건 시간문제다.

나도 책을 소장하고자 하는 욕심이 많은 편이다. 읽고 싶은 책이 있으면 주저하지 않고 책을 구입해서 읽었다. 조금씩 책장에 늘어가는 책들을 보는 것도 쏠쏠한 재미였다. 왠지 마음이 풍족하고 든든

한 느낌이랄까?

하지만 독서량이 늘어날수록 책값도 부담이 되기 시작했다. 살 수 있는 책의 권수는 한정되어 있었기에 읽고 싶다고 해서 모든 책을 다 살 수는 없었다. 또한 책장도 더 이상 늘릴 수 없는 상황이었다.

책의 중요한 부분은 밑줄 치고 읽어야 진정한 내 책이 된다는 생각을 바꿔야 할 때가 온 것이다. 그러자 조금씩 책을 구입하는 기준이 달라지기 시작했다. 전에는 읽고 싶은 책이 있을 때 무조건 구입부터 했다면 지금은 도서관에 먼저 있는지 확인한다.

마치 도서관을 내 개인 서재라 생각해 보는 것이다. 그렇게 생각하면 수천, 수만 권의 책들이 다 내 것이다. 읽고 싶은 책은 언제든지 볼 수 있고 책은 늘 깔끔하게 정리가 되어있다. 필요한 경우에 도움을 요청할 수 있는 분도 계신다. 비용이나 공간을 염려할 필요도 전혀 없다. 또한 같은 공간에서 책을 읽는 다른 사람을 보는 것만으로 충분한 자극이 돼서 더 집중하며 책을 읽을 수 있다. 이 얼마나 좋은 서재인가?

최근에는 마을 곳곳에 도서관이 많이 생겨났다.

아직 다른 나라에 비하면 부족한 편이지만 그래도 가까운 거리에 도서관이 있다는 것은 부모와 자녀 모두를 성공으로 안내하는 축복의 통로와 같다.

하지만 눈앞에 떡이 있어도 자기가 먹지 않으면 맛을 알 수 없다.

지금 가까운 도서관으로 가서 분야별로 책을 훑어보자. 관심 가는 제목의 책을 꺼내어 읽어보는 것이다. 눈에 들어오지 않으면 또 다른 책을 꺼내서 보면 된다.

그리고 무엇보다 자신이 매번 가는 분야가 아닌 다른 쪽 서가에도 발을 들여 살펴보도록 하자.

처음에는 생소하겠지만 제목을 보는 것만으로도 다방면으로 호기심을 자극하게 될 것이다.

빌 게이츠는 "오늘날의 나를 있게 한 것은 동네의 공공도서관이었다."라고 한 바 있다.

어린 시절 빌 게이츠는 동네 도서관을 자주 드나들며 도서관의 책을 거의 읽었을 정도라고 한다. 그는 자신만의 관점을 만들고 관심 분야를 넓히는 중요한 매개체로 책과 신문을 꼽았다.

이렇듯 도서관은 거시적 관점을 하기 위한 최적의 장소이다. 도서관을 제2의 집처럼, 내 서재처럼 생각하고 자녀들과 자주 도서관에서 시간을 보내며 함께 책을 읽는 시간이 반복되면 독서습관은 어느 순간 몸에 밸 것이다.

베스트셀러보다 끌리는
책이 먼저다

온라인서점 홈페이지나 오프라인 서점을 방문
하면 분야별 베스트셀러들을 순위대로 볼 수 있다.

베스트셀러란 말 그대로 인기가 많은, 잘 팔리는 책이다. 많은 사
람들이 구입을 했다는 것은 그만큼 사람들의 공감을 많이 얻고 재미
도 보장된다는 뜻일 것이다.

그래서 처음부터 어떤 책을 읽어야 할지 망설여질 때 베스트셀러
중 한 권을 선택하면 무난히 읽을 수 있다.

하지만 무조건 베스트셀러나 추천도서라고 해서 100% 나에게 재
미있는 것은 아니다.

일본 메이지대학교 교수인 사이토 다카시는 자신의 저서 〈독서는
절대 나를 배신하지 않는다〉에서 "학교나 믿을 만한 기관에서 추천

해준 책이 아무리 좋은 책이고 남들에게 재미와 유익함을 모두 주었다고 해도 나의 흥미를 끌지 못할 뿐만 아니라 읽고 난 뒤에도 왜 이 책을 읽어야 했는지 나름의 답을 찾지 못했다면 그 독서는 나에게는 무의미한 독서다"라고 했다.

꼭 베스트셀러라고 해서 모두에게 공감되고 재미있는 책일 수는 없다.

그래서 책을 고를 때는 도서관에서 미리 읽어보거나 서점을 직접 가볼 것을 권한다.

단지 베스트셀러라고 해서 무턱대고 책을 구입하지 않았으면 한다. 생각했던 내용의 책이 아닐 수 있고 본인의 관심사와 맞지 않을 수도 있어 책만 구입하고 책장만 채우게 되는 낭패를 겪기 때문이다.

무려 10년간 서울대 도서관 대출 순위 1위를 차지하고 있는 책이 있다.

바로 그 유명한 재레드 다이아몬드의 〈총, 균, 쇠〉이다.

아주 오래전 이 책이 한동안 인문학 분야 베스트셀러 1위를 굳건히 차지하고 있길래 궁금증이 일었다. 온라인에서 간략한 책 소개를 보았더니 내용이 흥미롭고 재미있을 것 같아 그다음 날 바로 도서관에서 빌려 왔다.

먼저 책의 두께에 한 번 놀랐는데 무려 751페이지에 달했다.

웬만한 책 3권 정도의 분량이었다. 부지런히 읽으면 되겠지 싶었는데 문제가 생겼다.

몇 장을 읽었지만, 도대체 무슨 내용인지 도통 눈에 들어오지 않았다. 내용도 어렵게 느껴져 책에 손이 가질 않았다. 결국엔 앞의 몇 장만 읽은 채로 다시 도서관에 반납했다.

생각해 보면 그때는 책을 이해하는 소양이 부족했고 인문학 쪽 배경지식은 전무했을 때라 읽을 준비가 한참 부족했던 것 같다.

독서력이 어느 정도 생기고 인문학 관련 책을 접한 뒤 다시 〈총, 균, 쇠〉를 읽었을 때는 처음과는 사뭇 달랐다. 책의 내용은 여전히 나에게 어려웠지만, 전보다 방대한 양의 압박감도 덜했고 심지어 어떤 부분은 재미있기까지 했다.

그때의 경험으로 책을 고를 때 베스트셀러라고 해서 다 나에게 맞는 것도 아니고, 어느 정도의 배경지식도 필요하다는 것을 깨달았다.

그 후에도 독서를 하는 수년간 이런 비슷한 시행착오를 여러 번 겪었다. 늘 먼저 욕심이 앞선 탓이다.

그래서 요즘엔 책을 선택할 때 도서관이나 서점에서 직접 목차를 보고 관심 가는 목차의 내용을 조금 읽어본 뒤 결정한다.

아이들 책을 구입할 때 보면 유아용, 저학년용, 고학년용으로 대략적인 연령이 분류되어 있다.

그렇지만 1~2학년은 저학년용 책만 읽게 하고, 3~6학년 아이들에게는 무조건 고학년 책만 읽게 하는 부모들은 없을 것이다.

책 읽는 수준이 아이마다 다르다는 것을 알기 때문이다.

어른도 마찬가지다. 어른이라서 학생들 책을 읽으면 안 된다는 법칙도 없고, 어른들만 읽는 책이라고 특별히 정해져 있는 것도 아니다. 그러므로 현재 나의 책 읽는 수준을 고려해서 책을 선택하는 것이 좋다.

만일 글씨가 유난히 작고 많으며 두꺼운 책이 부담이라면 관심 분야 중 글씨가 많지 않고 얇은 책부터 시작해 본다.

우선 자녀들 책을 같이 읽는 것을 추천한다.

자녀가 어릴 때는 동화책을 함께 읽어 주었지만, 초등학교 입학 후 부모가 같이 읽는 경우는 드물다. 요즘 초등학교 고학년 자녀들의 동화책을 보면 이야기의 구성도 탄탄하고 재미있으며 교훈적이기까지 하다. 무엇보다 매력적인 것은 글씨가 커서 눈의 피로도가 덜할 뿐 아니라 빨리 읽힌다는 것이다. 그리고 자녀와 같은 책을 읽으면 공감대가 형성되어 책에 대해 서로의 의견을 나누는 귀한 시간을 가질 수 있고, 부모에게는 독서의 흥미를 잃지 않게 해주니 여러모로 괜찮은 방법이다.

주변에 책을 읽고 싶은데 막상 읽자니 어떤 책을 읽어야 할지 잘 모르겠다는 사람들이 있다.

나에게 맞는 책이 어떤 책인지 잘 모르겠다면 다음과 같은 다양한 방법으로 찾아보자.

우선 집에 있는 책들을 찬찬히 훑어본다. 집안의 책을 유심히 살펴보면 내가 선호하는 분야들을 파악하는 데 도움이 될 것이다. 유독 한 분야의 책이 많이 있다면 그 분야부터 시작하는 것이 좋다.

또는 책을 많이 읽는 지인의 도움을 받는 것도 한 방법이다.

나를 오랫동안 보아온 지인이라면 나의 성향을 파악하고 내가 어느 쪽에 관심 있어 하는지 객관적으로 잘 알고 있다. 그래서 나에게 맞는 책을 추천해 줄 확률이 높다.

또 다른 방법으로는 인터넷을 이용하는 것이다. 요즘엔 책을 읽고 핵심내용과 후기를 다양한 인터넷 공간에 게시하는 사람들이 많다. 유명 작가들도 자신이 읽은 책 중 추천할 책을 선정하여 유튜브나 개인 인터넷 공간에 소개하기도 한다. 그들의 이야기를 읽거나 듣다 보면 유독 흥미를 확 끄는 책이 있을 것이다. 그 책의 제목을 인터넷 서점 사이트에 입력하면 간략한 책 소개와 함께 목차, 저자소개, 책 속 중요문장, 리뷰 등 종합적인 정보를 알 수 있어서 책을 선정하는 데 많은 도움이 된다.

마지막으로 기회가 되면 가까운 서점이나 도서관의 서가를 자주 들러보도록 하자.

다양한 책을 직접 읽어볼 수 있으니 가장 추천하고 싶은 방법이다.

"독서에서 가장 중요한 것은 재미를 유지하는 것. 재미있어야 책을 읽을 수 있다."

-〈이동진 독서법〉, 이동진

독서 하는 시간만큼은 철저히 자기중심적이어도 좋다. 자신이 재미있고 필요한 책을 보면 된다.

처음부터 너무 좋아하는 책만 읽어서 편향된 독서가 되지 않을까 염려할 필요는 없다.

이 시기에는 내가 끌리는 책을 읽음으로써 흥미를 잃지 않고 독서의 재미를 느끼는 것이 더 중요하다. 꾸준히 책을 읽어서 습관으로 자리 잡아야 한다. 다방면의 책을 읽는 것은 그다음 일이다.

어느 정도 독서력이 생기고 책 읽는 습관이 정착될 무렵에는 배경지식이 전보다 배가 되어있을 것이다. 그때는 강요하지 않아도 다른 분야에 호기심이 생기기도 하고, 읽었던 책을 통한 연결고리로 다른 분야의 책을 접할 기회가 온다. 그렇게 자연스럽게 나의 독서수준이 양적으로나 질적으로 넓어지게 되는 것이다.

그림책의 가치를 알다

자녀가 어릴수록 엄마가 가장 많이 읽는 책은 아마 그림책일 것이다.

어린 아기 때부터 그림책을 보여주기 시작하는데 웬만큼 글을 알기 전까지는 자녀가 원할 때면 언제든지 하루에도 몇 권씩 감정을 가득 실은 목소리로 책을 읽어 준다.

그렇게나 많이 읽어 주던 그림책은 자녀가 초등학생 고학년이 되면 자연스럽게 집안에서 사라진다. 부모 역시 커버린 자녀에게 그림책은 더 이상 필요하지 않다고 생각하는 경우가 많다. 그러나 이제부턴 아이가 크더라도 좋아했던 그림책은 간직해 두도록 하자.

그림책은 남녀노소 누구나 읽을 수 있는 한 권의 책이다.

그럼에도 불구하고 짧은 글과 그림이 가득한 책이라는 이유로 그저 어린이들의 전유물로만 여겨졌던 게 사실이다.

그림책에는 삶의 가치와 방향, 내적 치유, 성장에 대한 이야기와 교훈이 함축적으로 담겨있다. 여기에 눈을 사로잡는 그림과 짧은 글들은 내용 전달이 쉽게 되는 장점이 있다. 때로는 두꺼운 소설책만큼 깊은 여운을 남기기도 한다.

때문에 그림책을 단순히 어린이 책으로만 명하기에는 개인적으로 아쉬움이 많이 남았었다.

반갑게도 몇 년 전부터 그림책이 어른들의 지친 마음을 달래주는 휴식과도 같은 책이라는 인식이 조금씩 생기면서 그림책에 대한 재평가가 이루어지고 있다.

가끔 머리를 식히고 싶을 때, 가볍게 책 한 권 읽고 싶을 때, 마음을 가다듬고 싶을 때, 위로받고 싶을 때 그림책을 한번 읽어보자. 또 책을 폈을 때 아직도 긴 글과 책의 두께가 압박으로 다가온다면 그림책부터 차근차근 시작하는 것도 하나의 방법이다.

단순하고 재미있는 그림으로 우리나라에서 유명한 그림책 작가 고미타로는 인터뷰에서 다음과 같이 말했다.

"어린이를 위해서 그림책을 그린 적 없다. 기본적으로 누구를 위해서라는 생각은 틀리다고 생각한다."

이제는 그림책이 곧 어린이만의 책이라는 고정관념에서 탈피해야 한다.

얼마 전 논술 수업을 준비하며 앤서니 브라운의 〈돼지책〉을 다시 읽게 되었다.

내용인즉슨 매일 엄마에게 밥만 달라 하고 집안일 하나 하지 않는 아빠와 아들 둘에게 엄마가 "너희들은 돼지야!"라는 메모를 남기고 사라지는 일이 발생한다. 집안일과 요리라곤 해본 적 없는 아빠와 아들들은 말 그대로 돼지처럼 지내다가 구세주처럼 다시 나타난 엄마에게 돌아와 달라 애걸한다. 그 이후로 가족들의 삶은 달라진다. 아빠와 아들들은 각자 해야 할 일을 손수 하고 집안일도 나누어서 하기 시작한다. 이에 엄마가 살짝 미소 짓는 모습으로 이야기는 마무리된다.

어린 시절의 아이들에게 읽어 주었을 땐 단순히 재미있다, 내용을 그림으로 정말 잘 표현했다 정도였는데 지금 보니 마치 내 상황을 보는 것 같았다. 그 짧은 글에도 순간 감정이입이 되어 나도 책에 나온 엄마처럼 집을 나가봐야 이 집 남자들이 정신을 차릴까 싶은 생각까지 들었다.

5분도 되지 않는 그 짧은 시간에 책 속 인물에게 대리만족을 느끼며 나의 모습을 투영해보다니 새삼 그림책이 다시 보이던 시간이었다.

지금도 집 안에 있는 그림책들은 시간이 날 때마다 천천히 읽는 편이다.

논술 강사라는 직업 덕분에 아들들이 보던 그림책을 버리지 않았던 게 얼마나 다행이었는지 모른다. 책에 있는 그림만 보아도 힐링이 되었고 글과 함께 보게 되면 몰입감은 더욱 높아졌다.

여기에 이야기 속 인물에 이입되면서 그와 비슷한 나의 감정을 이해하게 되었다.

이러한 그림책을 통한 좋은 경험을 주변 다른 이들과 나누고 싶었다. 그러다가 뜻이 맞는 선생님들과 그림책으로 감정을 코칭 하는 법을 연구하고 공부할 수 있게 되어 기쁜 마음으로 참여했다.

그림책 한 권, 한 권을 읽고 서로의 감정을 나누는 시간이 점차 늘어나면서 깨닫게 되었다.

그동안 내가 느끼고 경험했던 그림책의 힘은 빙산의 일각이라는 것을. 나 역시 그림책을 어린이가 읽는 책으로만 생각했었던 것은 아니었는지를.

그림책을 통해 내 안에 이렇게 많은 말로 표현되는 감정이 있다는 것을 알게 되었다.

과거와 현재를 다시금 돌아보며 느껴지는 감정 그대로 나를 표현하는 법을 배우게 되었다.

다른 이들과 함께 하기 위해 참여한 그림책 공부가 나를 치유하게 하고 위로해 주었으며 나에게 용기를 주었다.

"옛날 어린아이였던 나의 모습이 지금 어딘가에 존재하고 있다.

내게 가장 생동감 있고, 창조적이고, 육체적인 방식으로 말이다.

나는 그 아이에게 엄청난 관심이 있다. 언제나 그 아이와 대화하려고 노력하고 있다.

내가 가장 걱정하는 것은 그 아이와의 연락이 끊어지는 일이다."

– 〈괴물들이 사는 나라〉의 작가 모리스 센닥

그림책은 어릴 적 나를 다시 만나게 해준다. 즐거웠던 나, 슬펐던 나, 행복했던 나 등 어릴 적 나의 감정이 기억과 맞물려 깨어나게 해준다.

나도 잊고 있었던, 좋은 기억으로 포장되었던 내면의 아이를 마주하던 날. 왠지 모르게 흐르는 눈물을 주체할 수 없었다. 아주 잠깐 어린 시절의 나를 소환했었던 것뿐인데 아무 감정 없었던 그 기억 속에는 나도 모르는 슬픔을 간직하고 있었나 보다.

어떤 상황이든 긍정과 부정의 감정이 존재함, 그 감정을 있는 그대로 받아들이고 나를 인정함으로써 건강한 마음의 어른으로 한 단계 성장해 감을 느꼈다.

주위를 둘러보면 마음이 아픈 부모들이 많이 있다. 자라온 환경에서 상처를 받았을 수도 있고, 가정을 돌보면서 생기는 가족 간의 말 못 할 여러 고충들 때문일 수도 있다.

그래서 이제는 그림책이라는 좋은 매개체를 통해 내가 성장하고 치유 받은 것처럼 그 아픈 마음을 어루만지고 공감하는 가슴 따뜻한 사람이 되고 싶다.

시대가 변하면서 그림책도 많은 변화가 있었다. 이야기는 더욱더 풍부해졌고, 그림은 화려한 색채와 더불어 작가의 독창적인 아이디어로 평면적인 그림에서 더 나아가 입체적인 모습을 띠기도 한다. 그림책의 재질 또한 다양화되어서 헝겊책, 보드북, 팝업북 등 여러 형태로 나와 호기심을 자극하기에 충분하다.

〈구름빵〉의 작가 백희나는 그림책이란 사람이 가장 처음 만나게 되는 예술작품이고, 문학작품이자 미술작품이라고 했다.

그림책은 단순한 이야기로 이루어져 있지만, 내용은 결코 가볍지 않고 이야기와 연결된 그림들은 마치 훌륭한 미술작품 모음집 같다.

이처럼 그림책은 모든 예술이 총체적으로 어우러진 종합예술작품이다.

2002년 뉴욕 타임즈 선정 최우수 그림책인 류재수의 〈노란 우산〉은 흔히 보는 그림책과는 다른 구성의 책이다. 글이 없이 그림으로만 이루어져 있는데 독특하게도 책에는 CD가 한 장 포함되어 있다. 음악은 각 장면마다 어울리게 구성되어 있어 마치 음악이 이야기를 전달하는 것 같은 느낌을 준다. 그림과 함께 음악을 듣고 있노라면

비 오는 날의 풍경이 경쾌한 모습으로 연상된다. 그림과 음악이 공존하는, 한 편의 종합예술작품이라는 말이 잘 어울리는 그림책 중 하나이다.

이처럼 그림책은 어른이 된 우리를 동심의 세계로 이끌기도 하며, 메말라 있던 감정을 되살아나게도 한다.

그림책은 내게는 더 이상 없을 것만 같던 상상력을 증대시키기도 하고, 인생의 지혜를 알려준다. 그것도 아주 쉬운 언어로 말이다.

1일 1책은 어렵지만 1일 1그림책은 가능하다.

어른이 되어 읽는 그림책은 보통 책과는 다른 또 다른 감성으로 다가온다.

하루 한 권씩 자녀들과 함께 그림책의 매력에 푹 빠지는 시간을 가져보길 바란다.

아이들에게는 상상력을, 부모에게는 잊고 있던 다양한 감성을 자극하고 함께 하는 이 시간이 서로에게 소중한 추억으로 남으리라 본다.

06

부부가 함께하는
부모독서

주 5일제 근무로 여가시간이 늘어나면서 취미를 함께 하는 부부가 늘어나고 있다.

그 종류도 점점 다양해져 수영, 배드민턴, 자전거 타기 등과 같은 운동부터 영화나 공연, 전시회나 음악회와 같은 문화생활까지 영역이 전반적으로 확대되고 있다.

부부가 함께하는 이런 다양한 취미 생활은 건강한 가정, 행복한 가정을 지속시키는 힘이 되기도 하고, 일방적인 관계가 아닌 친구처럼 편안한 부부로 만들어 준다.

이러한 장점으로 젊은 청년들이 이상적인 배우자로 취미가 같은 사람을 선호한다고 한다.

부부가 취향이 비슷하니까 같은 취미를 가지겠지 라고 생각할 수도 있겠지만 꼭 그렇지만은 않다. 취향과 취미가 다르더라도 상대방의 취미를 이해하고 관심을 가지고자 노력한다면 같은 취미로 발전하기도 한다.

나의 남편은 대단한 스포츠광이다. 특히 구기 종목에 관한 사랑이 유별난 편이라 축구, 농구, 야구, 볼링, 테니스 등 경기를 관람하는 것도 직접 운동하는 것도 좋아하는 사람이다. 하지만 난 운동 쪽에는 전혀 소질이 없다. 그중에서도 구기 종목은 정말 최악이다.

그래서 학창시절 피구, 발야구를 할 때면 늘 슬그머니 뒤쪽으로 가서 조용히 있는 편이었다. 운동을 못 하니까 재미는 물론 관심이 없는 게 당연했다.

그런데 남편을 만나면서 어쩔 수 없이 축구, 야구, 농구 경기중계를 돌아가며 시즌별로 거의 매주 시청하게 되었다. 남편의 유일한 낙이기도 해서 이왕 보는 거 같이 즐겁게 보자는 마음에 남편에게 경기 룰과 선수에 대해 자의 반, 타의 반으로 듣게 되었다.

서당 개 삼 년이면 풍월을 읊는다고 이제는 웬만한 구기 종목의 룰은 기본이고 선수들도 잘 아는 스포츠팬이 되었다.

하지만 전혀 관심 없는 취미를 공유하기는 쉽지 않다.

그렇다면 독서라는 공통된 새로운 취미를 만들어보자. 독서는 특별한 재능이 없어도 되고 운동신경 또한 필요 없다. 영화나 공연이 순간의 재미를 선사한다면 독서는 여운이 남는 재미를 준다. 무엇보다 최소한의 비용으로 매일 함께할 수 있는 취미가 될 수 있다.

부부가 독서를 함께 하면 우선 대화의 주제가 풍성해진다.

사실 결혼 후 부부가 대화를 나누는 시간은 그리 많지 않다.

주말을 제외하고 평일에는 대부분 직장 일에, 육아에 각자의 책임을 다하느라 얼굴을 마주 보는 시간은 많아야 몇 시간 되지 않는다. 이마저도 피곤함에 지쳐 기본적인 대화만 나누는 경우가 많다.

몇 년 전 인구보건복지협회에서 조사한 결과가 이를 뒷받침해준다.

1000명의 기혼 남녀를 대상으로 '부부간의 평균 대화시간'을 조사했더니 놀랍게도 40% 가까운 부부가 하루 30분도 대화하지 않는다는 결과가 나왔다.

더군다나 요즘에는 개인 스마트폰 사용으로 가족끼리의 대화가 훨씬 줄어들었다고 한다.

음식점에 가면 음식이 나오기 전까지 가족들이 모두 각자 스마트폰만 보고 있는 광경은 이제 낯설지 않을 정도다.

프랑스 소설가 앙드레 모루아는

"행복한 결혼은 약혼한 순간부터 죽는 날까지 지루하지 않은 기나긴 대화를 나누는 것과 같다."라고 말했다.

그런 의미에서 책은 대화의 소재가 무궁무진하다.

서로 취향이 다를 경우에는 상대 배우자에게 각자 책을 소개하고 추천해주는 것이다.

자신에게 부족했던 분야를 배울 좋은 기회인 동시에 서로의 독서 취향을 알 수 있는 계기가 된다.

또 취향이 같으면 같은 책을 읽고 느꼈던 부분이나 궁금한 내용을 서로 주고받으면서 공감대가 형성되고, 배우자의 몰랐던 관점이나 사고방식을 알고 이해하게 된다.

최근 우리 부부는 인문학 서적을 함께 읽고 있다. 내용을 잘 기억하는 남편 덕분에 가끔 기억이 나지 않는 부분을 물어보면 설명을 자세히 해줘서 도움이 많이 되고 있다.

부부가 독서를 함께 하면 삶의 가치관과 교육관을 서로 조율하면서 같은 방향으로 나아갈 수 있다. 가치관과 교육관을 맞춰나가는 것. 이는 행복한 가정을 이끄는 데 꼭 필요한 과정이라고 생각한다.

결혼 전후로 또 자녀를 양육하면서 이에 대해 평소 책을 읽고 대화를 많이 해왔던 부부라면 정말 현명하고 모범적인 부부임이 틀림없다.

우리 부부는 결혼 전부터 참 마음이 잘 맞는다고 생각해 왔다. 가치관도 어느 정도 비슷했기에 큰 싸움 한 번 한 적이 없었다.

하지만 아이들을 키우는 과정에서 조금씩 마찰이 생기기 시작했다. 양육방식이나 교육관에서 차이가 보이는 것이다.

평소 다른 부부에 비해 대화를 많이 나누는 부부라고 자신했었다.

그런데 되짚어보니 놀랍게도 아이를 낳기 전에 따로 서로의 양육관이나 교육관에 대해 깊게 대화를 나눈 적이 없었다. 물론 아이를 낳고 나서는 건강하게 잘 키우자는 마음은 같았으나 구체적으로 이런 아이로 키우자, 이런 부모가 되자는 이야기를 해 본 기억이 없다.

어떻게 하면 좋은 부모가 되는 건지 책을 읽거나 다른 방법으로라도 부모 공부를 해야 했지만, 그 부분에 있어서 노력할 생각조차 못 했었다. 굳이 핑계를 대자면 남편이 바쁘기도 했고, 남편 입장에서는 내가 교육 관련 일을 했으니 나름대로 그 부분에 있어 크게 믿었던 것 같다.

아이들을 제법 키우고 나서 보니 아기를 맞이하기 전후인 이 시기가 부부가 함께 육아서적을 가장 많이 읽어야 했던 시기다.

그 당시 가지고 있던 육아 책이라곤 집마다 한 권씩 있다는 그 유명한 "삐뽀삐뽀 119 소아과" 뿐이었다.

그래서 우리 부부가 아이들에 대해 진지하게 얘기하는 경우는 대부분 어떤 일이 발생 되고 난 후였다. 그 부분에 있어서 미리 충분한 대화를 나눴더라면 일관된 교육관으로 아이를 대했을 텐데 그 시기를 놓쳐 버린 것 같아 아이들에게 미안한 마음과 아쉬움이 크게 남는다.

다행히 최근 남편과 같은 책을 읽고 이야기하는 시간이 많아지면서 교육관이나 양육방식에 대해서도 자주 이야기 나눈다. 늦은 만큼 마음을 맞추고 서로의 생각을 조율한다는 게 쉽지는 않다. 그렇지만 지금이라도 허심탄회하게 각자의 생각을 나눌 수 있음에 감사한 마음이다. 이 시간들을 통해 우리 부부가 한마음으로 아이들을 좀 더 이해하고 더욱더 사랑하길 바랄 뿐이다.

원래 남편은 책을 그리 가까이하던 사람은 아니었다. 내가 도서관에서 책을 잔뜩 빌려와 쌓아둘 곳이 없어 여기저기에 쌓아놓아도 관심은커녕 제목만 한 번 스쳐 가듯이 볼뿐이었다. 몇 년 동안 집 안 곳곳에 책을 쌓아두는 일을 반복하니 도대체 내가 무슨 책을 읽는지 궁금했나 보다. 같이 도서관에 몇 번 가게 되면서 그 후로 조금씩 책을 읽기 시작했다.

지금은 저녁 식사 시간 이후는 함께 독서 하는 시간을 가질 정도로 남편도 독서가가 되었다.

부부가 함께 책을 읽음으로써 얻게 되는 장점은 많다.

서로의 가치관을 존중하고 공유하며 이해하는 마음이 넓어진다. 부부관계가 좋아지는 건 덤이다. 그리고 책 읽는 엄마 아빠의 모습을 보고 자라는 아이들에게 심리적 안정감과 함께 자연스럽게 독서 습관을 형성할 수 있다.

정서적으로 메말라 가는 요즘 독서라는 단비로 부부가, 아니 가족 모두가 촉촉한 감성을 갖게 되길 희망한다.

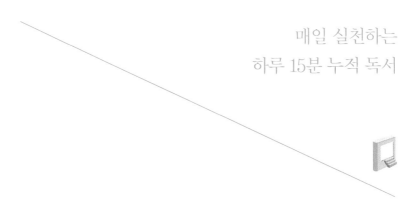

매일 실천하는
하루 15분 누적 독서

세바시라는 프로그램에 대해 들어 본 적이 있
는가?

"세상을 바꾸는 시간 15분"이라는 뜻으로 각계각층의 사람들이 15
분 남짓의 시간 동안 방청객들에게 다양한 주제로 이야기를 전하는
강연이다. 강연자에 따라 자신이 살아온 경험담을 전할 때도 있고,
전문가로서 지식을 전달할 때도 있으며 철학적인 깨달음과 삶의 지
혜를 알려주기도 한다. 비록 15분이라는 짧은 시간이지만 주제마다
다가오는 그 울림은 상당하다. 15분의 강연 하나로 인생의 전환점을
맞이할 수 있을 정도로 파급력 또한 크다.

이처럼 나를 변화시키고 발전하는 데 있어서 하루 15분만 꾸준히
투자해도 충분하다.

단, 여기에 단서가 하나 붙는다. "매일, 꾸준히."라는 전제하에 15분을 투자하는 것이다.

〈아웃퍼포머〉의 저자 모튼 한센은

"하루 고작 15분을 투자해서 큰 진전을 볼 수 있을까? 물론이다. '한 번에 하나씩.' 즉 개발할 능력을 한 번에 하나, 오직 하나만 고르면 된다."라고 했다.

우리는 하루 15분을 독서 하나에 투자해 보는 것이다. 겨우 하루 15분 동안 얼마나 책을 읽겠냐고 생각하는 사람들에게 '누적 독서' 기록 하기를 추천해 본다.

누적 독서란 하루 중 책 읽기에 할애한 시간과 함께 월별 누적시간을 함께 적는 것을 의미한다. 기록하는 데 그리 오랜 시간이 걸리지도 않는다.

매달 누적 독서기록표를 만들어 작성하면 한 달 동안 책 읽은 시간을 확인할 수 있어 유용하다. 다음 표를 보면 쉽게 이해할 수 있을 것이다.

책의 제목을 써두면 과거에 어떤 책을 읽었는지 알 수 있고, 자신의 관심 분야가 어떤 부분인지 확인이 가능하다.

그리고 읽은 시각을 기록해 두면 내가 주로 언제 책을 읽는지 알

날짜	책 제 목	읽은 때(시각)	누적시간(분)	누적쪽수	비고
11/1	부모독서	22:00~22:20	20/20	25/25쪽	
11/2	아주 작은 습관의 힘	18:50~19:00	10/30	20/45쪽	
11/3			15/45	22/67쪽	
	—				
	—				
11/29	아주 작은 습관의 힘	21:45~22:00	15/435	20/580쪽	완독
11/30	부모독서			30/610쪽	완독

수 있다.

어떤 이는 이른 아침 상쾌한 마음으로 책을 펴야 글이 눈에 더 잘 들어온다고 하고, 어떤 이는 모든 일을 마무리하고 편안한 마음으로 읽어야 책이 잘 읽힌다고 한다.

정답은 없다. 개인차가 있으므로 여러 시간대에 책을 읽어보고 집중이 잘되는 시간을 선택하면 된다.

이렇게 첫 한두 달을 작성하다 보면 나중에 하루를 계획하는 데 있어서 그 시간만큼은 독서 하는 시간으로 정할 수 있고 습관으로 만들기가 수월하다. 그리고 다른 일을 계획할 때도 시간을 좀 더 유용하게 활용할 수 있을 것이다.

누적시간 란에는 그 날 읽은 시간과 누적시간을 함께 적어두는 것이 좋다.

우리가 은행에 저축할 때 1회 저축한 금액과 함께 옆에 누적금액이 표기된다.

점점 불어나는 돈의 액수를 눈으로 확인할 때마다 느끼는 그 뿌듯함과 성취감으로 인해 더 저축하려고 기를 쓰게 되는 것처럼 그 날 읽은 시간과 누적시간을 기록하다 보면 '내가 언제 이만큼 독서를 했지?' 라는 생각과 함께 다음 목표가 생기게 된다.

누적 쪽수 또한 같은 이유에서이다.

마지막으로 비고란에 완독한 책을 표시해두면 그달에 자기가 읽은 책의 권수를 쉽게 확인할 수 있다. 누적시간과 함께 완독한 책의 권수가 늘어날수록 독서에 대한 열정도 함께 늘어날 것이다.

누적 독서의 좋은 점은 무엇보다 강한 동기부여가 된다는 점이다.

비록 하루 15분이라는 짧은 시간이지만 이 시간을 허투루 보내지 않고 알차게 보냈다는 기쁜 감정은 독서의 재미를 배가시킨다.

그리고 매달 작성한 누적 독서 표 자체가 또 하나의 독서기록장으로서 의미가 깊다고 할 수 있다.

만약 매달 프린트해서 적는 게 귀찮고 번거롭다면 스마트폰을 이용하는 방법도 있다.

스마트폰 메모지에 간략하게 책 제목과 함께 누적시간이나 누적

쪽 수 중 하나만 기록한다.

그럼 언제 어디서든지 독서 표 없이 독서 후 바로 기록할 수 있으니 훨씬 편리하다.

나의 책 읽는 속도는 다른 사람들에 비해 그리 빠른 편이 아니다.

대략 15분 동안 읽는 책의 쪽수가 20쪽 내외이다. 대부분의 책들이 250쪽 안팎의 분량인데 책 읽는 속도가 개인적인 걸 감안하더라도 열흘에서 보름 안에는 한 권을 읽을 수 있다는 얘기다. 그리고 자신에게 쉽게 읽히는 책이라면 일주일에도 한 권 읽기가 가능하다.

그러므로 하루 15분 책 읽기를 꾸준히만 한다면 적어도 한 달에 2~4권을 무리 없이 읽을 수 있을 것이다. 게다가 독서력이 생기면 읽는 속도도 점차 빨라져서 일주일에 2~3권은 거뜬히 읽게 된다.

15분은 하루 1440분 중 96분의 1에 해당하는 시간이다.

고작 하루의 1% 남짓한 시간인 셈인데 이 1%의 시간만 투자해도 내 삶이 바뀐다면 충분히 해볼 만한 도전이 아닐까 싶다.

여기서 15분은 최소한의 투자시간을 의미한다. 그 이상의 시간을 투자할 수 있다면 조금씩 책 읽는 시간을 늘려보기 바란다.

"오늘은 피곤해서 못 읽어. 회식이 있어서, 시간이 없어서 못 읽어."가 아니라 "오늘은 시간이 없으니까 미리 읽어야지. 회식이 있으니까 5분만 읽어야지."로 마음을 바꿔 긍정적으로 생각하는 게 어떨까?

매일 꾸준히 15분을 읽는다면 어느새 나도 모르게 의식하지 않아도 저절로 손이 책으로 갈 것이며 15분이라는 시간이 30분, 1시간으로 늘어나게 될 것이다. 또한 책을 읽고 싶어 몸이 근질근질해지는 신기한 경험도 할 것이다.

실제로 책장을 펼치고 책 속에 빠져들면 15분이라는 시간은 정말 찰나의 순간처럼 짧게 느껴지기도 한다.

이 짧은 하루 15분의 투자가 당신의 인생을 어떻게 바꿀지는 아무도 모른다.

하지만 분명한 것은 책을 읽는 15분 동안 당신의 두뇌는 계속해서 움직이며 계발된다는 것이다.

또 읽지 않을 때보다 생각은 무르익어 그 지혜의 깊이는 더 깊어지며 마음은 넓고 평온해질 것이다.

그것만으로 15분의 독서는 충분히 가치 있는 일이 아닐까?

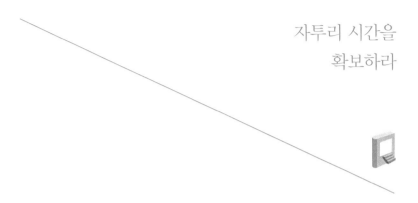

08

자투리 시간을
확보하라

누구에게나 하루라는 24시간은 똑같이 주어진다. 그 안에서 어떤 사람은 계획대로 활동하며 자기의 일 이상을 해내는 반면 어떤 사람은 매일 시간에 쫓겨서 해야 할 일도 못 한 채 이리저리 바쁘게 움직이기만 한다. 왜 주어진 시간은 똑같은데 이런 차이가 생기는 걸까?

시간을 관리하는 것은 자신의 인생을 관리하는 데 있어 기본이라 할 수 있다.

특히 자투리 시간을 활용한다는 것은 자기관리를 철저히 한다는 의미이기도 하다.

오바마 대통령은 바쁜 임기 중에도 책 읽는 시간을 만들기 위해 이동 중에 틈틈이 책을 읽었다고 한다.

그리고 현재 월드비전 세계시민학교 교장이자 바람의 딸로 잘 알려진 한비야는 세계긴급구호 팀장으로 있던 시절 공항에서 대기하는 시간과 비행기로 이동하는 시간을 이용해 책을 읽었다. 그녀가 말하길 그때 읽었던 책들만 해도 1년 동안 스무 권은 넘을 거라고 한다.

우리나라에서 자기계발의 일인자로 손꼽히는 공병호 연구소의 공병호 소장은 1인기업의 대표적인 주자라고 할 수 있다. 그는 자기관리가 철저한 인물로도 유명하다.

공병호 소장은 매일 아침 새벽 4시에 일어나 남들보다 하루를 일찍 시작하고 치열하게 독서를 했다고 한다. 그 결과 1인기업을 시작한 2001년부터 2011년까지 무려 73권이라는 책을 썼으며 해마다 강연 횟수가 300회를 훌쩍 넘게 되었다.

자투리 시간에 대해서 그는 자신의 저서 〈자기경영노트〉에 이렇게 말했다.

"나는 어떤 상황이든 자투리 시간이 생기면 좋은 기회라고 생각하고 그 시간 동안 집중적으로 책을 읽는다. 무엇보다도 이 시간은 데드라인이 정해진 시간이기 때문에 장시간 확보한 시간보다도 훨씬 집중할 수 있어서 좋다. 한마디로 박진감 있게 시간을 활용할 수 있다는 이야기다."

글쓰기와 강연만으로도 벅찰 텐데 매주 서너 권의 책을 읽는다고 하니 그가 얼마나 시간 관리를 철저하게 하는지 알 수 있는 부분이다.

해야 할 일을 다 하지도 못한 채 하루를 마무리해서 독서 할 시간이 부족하다고 느낀다면 공병호 박사와 같이 자투리 시간을 활용해 보도록 하자.

〈시간을 내 편으로 만들라〉의 저자 잰 예거는 우선 '시간이 부족하다'는 생각을 '중요한 일을 할 시간은 충분하다'는 생각으로 바꾸라고 한다.

우리가 중요한 일을 우선순위에 두지 않거나 다른 행동으로 시간을 낭비해서 그렇지, 중요한 일을 할 시간은 충분하다.

본인에게는 자투리 시간이 없다고 생각하는가? 생각해 보면 의외로 우리가 아무렇지도 않게 흘려보내는 시간이 많다.

귀찮더라도 한 번만이라도 하루를 30분씩 쪼개어 자신이 시간을 어떻게 보냈는지 기록해 보면 자투리 시간이 얼마나 많은지 금방 깨달을 것이다.

얼마 전 하루를 시간별로 기록해 보았다. 그랬더니 생각보다 낭비한 시간이 너무 많았다.

특히 스마트폰으로 보낸 시간이 압도적이었다.

항상 입에 바쁘다는 말을 달고 다녔는데, 기록표를 보니 바쁘다는 건 핑계에 불과했다.

무려 하루 중 3시간 가까이 스마트폰에 시간을 빼앗긴 것이다. 그것도 자투리 시간만으로 말이다. 대부분의 스마트폰 사용시간은 1회에 10~20분, 하루에 최소 20회 정도 스마트폰을 켰다 껐다 하는 셈이었다.

해외 리서치 기관 디스카우트(Dscout) 보고서에 따르면 현대인의 하루 스마트폰 터치 횟수가 무려 2600회라고 한다. 사실 터치 횟수로 치면 나도 이 범주에 들지 않을까 생각한다.

나는 주로 잠들기 전 30분, 매 식사 전후, 화장실 갈 때, 공공수단으로 이동할 때 스마트폰을 보는 편인데 이 시간이 무의식적으로 조금씩 늘어나고 있었다.

세 시간이면 하루로 보았을 때 전체 1/8에 해당하는 양이다. 대략 7시간 자고 9시간 일한다고 치면 남은 시간의 1/3 이상에 해당하는 양이다. 스마트폰뿐만 아니라 가끔 시청하는 TV에 시간을 뺏기는 경우도 있었다.

이제 이 흘려보낸 시간들을 내 것으로 만들어야 했다.

TV 시청 시간을 줄이거나, 스마트폰 만지는 시간을 조금만 줄여도 최소한의 독서시간 15분은 충분히 확보할 수 있다.

그래서 한 번에 바꾸기보다 정해진 시간에는 무조건 책을 읽기로 계획했다.

처음엔 잠들기 전 책을 읽기로 마음먹고 알람을 맞추기 위해 스마트폰을 옆에 두었더니 메시지가 올 때마다 확인하게 되고 무의식적으로 스마트폰에 손이 가서 짧은 시간임에도 책에 온전히 집중하지 못했다.

지금은 스마트폰을 눈에 보이지 않는 다른 장소에 두고 책을 읽는다. 그랬더니 시간도 확보할 수 있었고 책도 집중해서 읽을 수 있었다.

직업과 환경에 따라 생기는 자투리 시간은 각각 다르므로 자신의 환경에 맞춰 시간을 활용하면 되겠다. 직장인인 경우에는 주로 출퇴근 시간이 자투리 시간으로 활용하기에 좋다.

만일 종이책을 읽을 상황이 아니라면 전자책과 오디오북을 이용하는 건 어떨까?

매일 정해진 시간에 책을 읽는 것과 같은 효과가 있고, 자투리 시간을 잘 활용했다는 만족감이 크게 작용할 것이다.

그리고 자투리 시간이 비교적 길게 주어질 때는 집중력을 높이기에 충분하므로 자신이 선호하는 책을 읽고, 짧은 시간에는 챕터별로 나누어져 있으며 앞뒤 내용을 생각하지 않아도 되는 가벼운 주제의 책을 읽는 것으로 주어진 자투리 시간별 읽을 책의 종류를 다르게 하는 것이 좋다.

자투리의 사전적 의미를 찾아보면 다음 두 가지가 있다.

첫째는 자로 재어 팔거나 재단하다가 남은 천의 조각, 둘째는 어떤 기준에 미치지 못할 정도로 작거나 적은 조각을 의미한다. 쉽게 말해 남은 천 조각을 말한다. 이 천 조각은 갖고 있는 사람이 어떻게 사용하느냐에 따라 그냥 버려지기도 하고, 퀼트처럼 멋진 생활용품이나 작품이 될 수도 있다.

자투리 시간도 마찬가지다. 사용하는 사람에 따라 시간에 부여되는 의미가 천차만별로 달라진다. 하루 중 독서를 할 수 있는 자투리 시간은 분명 있다. 그 시간을 어떻게 보내느냐 하는 것은 온전히 자신의 선택에 달려 있다.

잠깐 눈을 붙일 수도 있고, 동료나 친구들과 이야기 나눌 수도 있으며, 스마트폰으로 시간을 보낼 수도 있다. 그렇다고 이 시간들이 모두 쓸데없는 시간이라는 뜻은 아니다. 누군가에게는 피곤함에 지쳐 잠깐 쉬는 휴식의 시간이 될 수도 있고, 사람들과의 대화로 친밀감을 유지하는 중요한 시간일 수도 있다. 다만 본인이 생각했을 때 정말 필요한 시간이었는지 살펴볼 필요가 있다는 말이다.

매일 습관처럼 피곤해하면 이를 극복할 방법을 생각해 보아야 하며, 동료 또는 친구들과의 잦은 모임이 자신의 개인 생활을 방해할 정도라면 고려하고 조절해야 한다.

소중한 나의 시간은 돌아오지 않기 때문이다.

"가장 중요한 일이 별로 중요하지 않은 일들에 의해 좌우되어서는 안 된다."는 괴테의 말처럼 자투리 시간의 우선순위에 독서를 두지 않는다면 따로 시간을 내어 독서를 하기는 더욱더 어려울 것이다.

시간을 의미 있게 보내는 자가 삶을 가치 있게 만들어 나감을 기억하자.

책을 읽어도 변하는 게 없어요.

1. 책 속에서 배울 점을 한가지씩 찾는다.

– '책도령은 왜 지옥에 갔을까?'라는 어린이 동화책이 있다. 책만 읽고 아무것도 하지 않다가 죽은 책도령이 지옥의 과제를 수행하는 과정에서 진정한 독서의 의미를 깨닫게 된다는 내용인데, 행함이 함께 이루어지는 독서야말로 진짜 독서임을 강조한다.

어떤 책이든 배울 점이 한 가지 이상 들어있다. 그 속에서 내가 행할 수 있는 게 무엇인지 찾아보고 작은 것부터 행동으로 옮겨보자.

2. 다름을 인정하자

– 책을 읽어도 변하는 게 없다는 것은 변할 마음이 없다는 뜻으로 받아들여질 수도 있다.

행동의 변화가 일어나기 위해서는 마음의 변화 또한 중요하다. 내 마음이 다른 행동이나 습관을 받아들이려면 기본적으로 나오는 '다름'을 인정해야 한다. '다름'을 인정하게 되면 주변에 배워야 할 게 넘쳐난다.

"아무것도 하지 않으면 아무 일도 일어나지 않는다."

PART

05

제 5 장

─────

부모독서, 1년만 따라 하면
100권 읽는다

✦

100권의 독서가
자신을 어떻게 변화시킬지,
어떤 사람이 되어있을지
궁금하지 않은가?

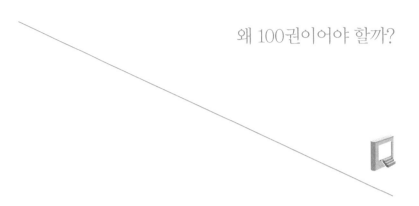

01

왜 100권이어야 할까?

"독서는 머리로 하는 것이 아니라 지금껏 축적된 독서량으로 하는 것
이다."

–〈독서력〉, 사이토 다카시

　　자기계발과 관련해서 다수의 책을 펴낸 사이토
다카시는 자신의 저서 〈독서력〉에서 100권의 독서는 '기술'로서 질
적인 변화를 일으키는 경계선이라고 하였다. 책을 읽는데 습관이 되
고 어떤 책이든 실패 없이 정확하고 일정하게 읽어나갈 수 있는 기
준이 대략 100권이라는 말이다.

　한 권도 제대로 읽지 못하는데 100권이 웬 말이냐고 할 수도 있겠
다. 그럼 나는 자신 있게 말하고 싶다. 한 권이라도 제대로 읽었다면

100권 읽는 것은 전혀 문제없다고 말이다.

책 한 권을 끝까지 읽고 책장을 덮을 때의 그 느낌을 기억하는가? 무언가를 완수했다는 성취감과 기쁨이 공존할 것이다. 그 느낌을 최근에 느껴본 적이 있는가?

어떤 종류의 책이어도 상관없다. 그 감정만 기억하고 유지하면 된다. 그리고 그 감정이 사라지기 전에 다른 한 권을 집어 들어야 한다.

이렇게 한 권, 두 권 읽은 책이 어느덧 열권이 되고, 열권은 스무 권이 된다. 그러다 보면 어느새 100권까지 읽게 되어 독서습관이 저절로 형성되고 훗날 500권, 1000권까지 읽을 수 있는 마중물이 된다.

한 분야의 100권 독서는 전문가에 버금가는 실력을 키워준다.

어떤 사람이 대학교수들에게 물어보았다고 한다. 전공 분야에서 학부 졸업장에 해당하는 지식을 쌓으려면 몇 권의 책을 읽으면 되는지. 대답은 100권이면 충분하다고 했다고 한다.

여기서의 100권 읽기는 단순히 눈으로만 보는 것을 말하는 게 아니다. 책을 읽으며 내용을 정리하고, 메모하고, 스스로 생각하며 온전히 자기 것으로 만들었을 경우를 얘기하는 것이다.

현대 경영학의 창시자이자 20세기 최고의 지성이라 일컫는 미국의 경제학자인 피터 드러커는 생전에 60년 넘도록 3년마다 새로운 학문에 도전하여 역사, 경제학, 통계학 등 다양한 분야에서 전문가

못지않은 지식으로 다양한 분야의 책을 저술할 수 있었다.

그의 저서 〈프로페셔널의 조건〉에서 "이 학습법은 나에게 상당한 지식을 쌓을 수 있도록 해주었을 뿐만 아니라, 나로 하여금 새로운 주제와 새로운 시각, 그리고 새로운 방법에 대해 개방적인 자세를 취할 수 있도록 해주었다."고 밝힌 바 있다.

당연한 얘기겠지만 책을 열 권, 스무 권을 읽었을 때와 100권을 읽었을 때 생기는 배경지식과 지혜는 확실히 차이가 있다.

100권의 독서는 깊이 있는 독서를 가능하게 한다. 책의 핵심을 파악하고 세상의 흐름을 읽을 수 있는 눈을 가지게 한다. 그래서 자신이 알고자 하는 분야를 100권 이상 읽게 되면 보지 못하던 부분도 찾을 수 있는 통찰력과 비판적 사고능력이 자리 잡게 된다.

이는 그 분야에 새로운 자신감과 열정으로 연결되어 삶의 질을 높여주기도 한다.

어느 날 남편이 한 모임에 갔을 때 앞자리에 앉은 여성 두 명이 하는 대화를 우연히 듣게 된 이야기를 전해주었다.

그들이 경제와 투자 이야기를 나누는데 마치 전문가들이 말하는 것 같아 넋 놓고 듣다가 어떤 일을 하는지 궁금해서 말을 걸었단다. 어떻게 그렇게 경제 쪽으로 아는 것이 많냐고, 혹시 그쪽 계통이 직업인지 물어보았더니 한 여성이 말하길 아주 오래전에 투자사기를 당한 경험이 있어 확실하게 알고자 경제 서적 100권을 읽었다고 한다. 그러고 나서 관련 분야 강의를 꾸준히 듣고 행동으로 옮기니 실패확률을 줄이고 투자에 성공해서 나름 그쪽 분야에서 성공한 고수가 되었다는 것이다.

이 여성들은 우리와 같은 평범한 직장인이다. 자기 일을 하면서 일하는 시간 외에는 독서로 관심 분야를 꾸준히 공부했을 뿐이다. 게다가 책을 읽는 것으로만 그치지 않고 책에서 나온 내용을 자신의 상황에 맞게 해석하고 배울 점들을 직접 행동으로 옮겼더니 좋은 결과로 이어진 것이다.

이처럼 많은 양의 독서는 우리를 새로운 인생으로 안내한다.

물론 한 분야의 100권 읽기는 자신의 관심도기 높고 목적이 뚜렷할 때, 본인이 절실함을 느낄 때 성공할 확률이 높다.

몇 년 전 일 년 동안 경제도서 100권 읽기를 목표로 삼은 적이 있었다. 경제엔 전혀 관심이 없었을 뿐 아니라 그동안 읽었던 경제도서라곤 손에 꼽을 정도였지만 남편의 설득도 있고 해서 안일하게 생각했었다.

"까짓것 일 년 동안 100권 못 읽겠어? 내가 읽어보지. 뭐!"하고 주변 사람들에게도 큰소리쳤었다.

하지만 그게 얼마나 큰 자만심이었는지 깨닫는 데는 그리 오래 걸리지 않았다.

　그동안 관심 없던 분야가 목표만 잡는다고 읽게 될 리가 만무했다. 관련 책을 읽어도 무슨 말인지 도통 모르겠으니 재미도 없고 진도도 잘 나가지 않았다. 그렇다고 이 분야에 파고들어 전문가가 되겠다는 굳은 의지는 더더욱 없었으니 한두 권도 읽지 못한 채 포기하고 말았다.

　그런데 그다음 해 나에게도 하나의 계기가 생겼다.

　가계부를 정리하면서 우리 집의 들쑥날쑥한 재정 상태를 발견한 것이다. 중고등학생이 둘이나 있어서 예전보다 지출되는 돈이 늘어난 건 알고 있었지만 체계적이지 못한 비용지출에 이대로 안 되겠다 싶었다. 좀 더 지혜롭고 알뜰하게 가계운영을 해야겠다는 생각으로 가득해지자 방법을 찾기 위해 그동안 발길도 두지 않던 서점과 도서관의 경제코너가 눈에 들어오기 시작했다. 당장 발등에 불이 떨어진 격이었으니 몇 장도 넘기지 못했던 재테크 책이며 금융 관련 책들이 술술 읽히는 기적 아닌 기적을 경험했다. 그래도 워낙 경제 쪽에 문외한이었기에 관련 용어를 제대로 알려면 아직 갈 길이 멀지만 언젠가는 나도 경제에 대해서 박식해지지 않을까 기대해 본다.

　자신이 어떤 목적을 갖느냐에 따라 읽는 책이 달라지기 때문에 꼭 한 분야의 100권 읽기가 아니어도 괜찮다.

책을 읽는 그 자체만으로 얻는 효과는 크다. 호기심이 가는 다양한 책을 읽어 다방면으로 생각의 폭을 넓혀주는 것이 무엇보다 중요하다.

하지만 간혹 100권을 읽어도 삶에 변화는커녕 배운 것이 없기에 굳이 책을 읽지 않아도 된다고 하는 사람도 있다.

이런 사람은 200권, 천 권을 읽어도 마찬가지일 것이다.

책은 그저 읽기만 하면 안 된다. 그건 철저한 시간 낭비다.

책을 내 것으로, 내 지식으로 만들기 위해서는 작가의 의도가 무엇인지, 이 책의 핵심은 무엇인지, 내가 느낀 것은 무엇인지 읽으면서 끊임없이 생각해야 한다. 자기 생각을 글로 정리하고 거기에서 배운 것을 조금이라도 삶에 적용하고자 노력해야 변화가 일어나는 것이다.

책은 짠! 하고 저절로 삶을 바뀌게 하는 마법사가 아니다.

책은 그저 지렛대 역할을 하는 도구일 뿐이다. 도구란 모름지기 사용하는 사람이 방법을 잘 알고 있어야 필요한 곳에 적절하게 사용해서 효과를 볼 수 있는 것이다.

100권의 책을 읽고 변화를 느끼고 싶다면 생각하고, 또 생각하자. 그리고 행동으로 실천하는 데 노력을 기울이자. 100권의 독서가 자신을 어떻게 변화시킬지, 어떤 사람이 되어있을지 궁금하지 않은가?

실천이 우선이다

기회가 왔을 때 기회에 대처하는 행동에 따라 세 가지 부류의 사람으로 나뉜다.

첫 번째는 아무 준비도 하지 않아 기회가 기회인지도 모른 채 놓쳐 버리는 사람이다. 이런 부류의 사람은 아무리 중요하고 좋은 기회가 찾아와도 전혀 알지 못한다.

두 번째 부류는 평소 꾸준한 준비를 한 덕에 기회를 볼 수는 있으나 주저하고 망설이느라 놓치는 사람이다. 마지막은 두 번째 부류와 비슷하지만 가장 큰 차이점이 있다. 바로 기회가 왔을 때 주저하지 않고 바로 행동으로 옮기는 사람이다.

당신은 이 중 어떤 사람인가?

결혼 전의 나는 두 번째 부류에 속했다. 꾸준히 교육 관련 공부와 자격증을 취득해 왔기에 인생에서 제법 좋은 기회가 여러 번 있었다. 하지만 결정을 내려야 할 때 이러지도 못하고 주저하는 바람에 어영부영 타이밍을 놓쳐 매번 후회하기만 했었다. 이후 다시는 우유부단함으로 인해 기회를 놓치고서 후회하지 말자는 굳은 다짐을 했다. 마침 10여 년 전 시작된 독서와 맞물려 예전과는 다르게 도전적인 사람이 되었다. 그래서 결혼 전보다 더 많은 도전과 성과를 이룰 수 있었다. 그때보다 자유시간도 훨씬 적고 금전적으로 넉넉하지 않았는데도 말이다. 그 이유는 책이라는 아주 좋은 기회를 만났기 때문이다.

책은 우리 곁에서 말없이 기다리는 기회이자 열려있는 기회다.

세상의 모든 지식과 지혜가 총망라되어있는 책은 언제나 읽는 이들의 삶을 변화시킬 준비가 되어있다. 그리고 원하는 사람은 누구든지, 그리고 언제든지 볼 수 있는 게 바로 책이다. 책을 살 돈이 없어서 읽지 못한다는 핑계를 대는 사람은 없길 바란다. 근처 도서관에 가면 평생 무료로 읽을 수 있는 책이 수천, 수만 권이나 있다.

책은 남녀노소, 빈부의 격차가 없는 가장 평등하면서도 위대한 기회인 셈이다.

그러나 다른 기회보다 잡기 쉽다고 해서 아무것도 안 하면 이 역시 놓치게 된다.

그러므로 책이라는 기회를 잡기 위해서는 두 가지 실천을 해야 한다.

첫째는 하루의 우선순위에 독서를 넣는 것이다.

일상생활 속에서 우선순위를 정하지 않으면 다른 중요하지 않은 일들에 밀려 정작 해야 할 중요한 일들을 못 하는 경우가 다반사다. 중요하지 않은 일들을 과감히 접고, 그 시간을 책 읽는 시간으로 채워보자.

그동안 독서를 하지 못한 이유는 시간이 없어서가 아니다. 독서를 중요하게 생각하지 않아서이다.

역사적인 인물이나 성공한 CEO들이 시간이 남아서 독서를 많이 했을까?

우리보다 더 바쁜 하루를 보내는 사람들이지만 그들은 독서를 가장 우선순위로 생각했다. 하루를 독서로 시작하거나 독서시간을 따로 마련할 정도였다. 빌 게이츠는 지금도 하루 1시간은 꼭 시간을 정해서 책을 읽는다고 한다.

독서를 우선순위로 정해놓으면 하지 않아도 될 일에서 반드시 해야 할 일로 바뀌게 된다. 그럴 때 눈에 띄게 변하는 점은 시간 배분이 달라진다는 것이다.

우선 독서시간을 확보하기 위해 스마트폰을 만지거나 TV를 보는 시간 등 낭비하는 시간을 줄이게 된다. 때로는 아침잠을 줄이고 평소보다 일찍 일어나 책을 읽게 되기도 한다.

우선순위만 살짝 바꾸었더니 시간을 보다 효율적으로 사용할 수 있게 된 것이다.

그렇게 독서는 일상생활의 일부가 되어간다.

버리는 시간 대신 유익함이 자리하게 되니 삶의 질은 저절로 올라간다.

두 번째는 책을 읽은 후에는 한 가지씩 실행해 보는 것이다.

〈실행에 집중해라〉의 저자 래리 보디시는 말했다.

"알기만 해서는 안 된다. 실행할 때 비로소 의미가 있다."

책을 읽고 아는 것에만 그치면 삶에 변화가 없다. 작은 것 한 가지라도 책 속에서 배운 섯을 실생활에 적용해 보도록 한다.

10년 전 독서를 꾸준히 하기 시작하면서 책을 지금처럼 열심히만 읽으면 삶에 변화가 생길 거라 굳게 믿었었다. 그런데 1년이 넘도록 책을 읽어도 마인드나 생각의 발전은 있었지만, 생활에 뚜렷한 변화가 없자 슬슬 정체기가 오기 시작했다. 사실, 문제는 나 자신에게 있었는데 어리석게도 외부에서 잘못된 점을 찾으려고만 했다.

그 무렵 제목이 흥미로워 읽은 〈실행이 답이다〉는 이제까지 내 독서법의 잘못된 점이 무엇인지 깨닫게 해 주었다.

그동안 책은 나에게 여러 가지 방법과 실천할 기회를 끊임없이 주고 있었다. 그런데도 머리로만 이해했을 뿐 주저하고 행동으로 옮기지 않은 데 있었던 것이다.

"NO ACTION, NO CHANGE!"

이 단순한 한마디가 머리에서 떠나지 않았다.

그 뒤 책을 읽고 나면 그 안에서 실생활에 적용할 수 있는 것들을 하나씩 적어보았다.

새벽 운동 하기, 감사 일기 쓰기, 자격증과 학위취득 등 나의 브랜드 가치를 높이기 위해 책을 통해 깨달은 내용을 조금씩 실천해 나갔다.

그러자 일상에 변화가 생기기 시작했다. 하루를 부지런하게 보내게 된 것은 물론이고 새로운 일을 할 수 있는 여건을 갖추게 되었다.

미국의 경제 전문지 〈포브스〉에서 정리한 억만장자들의 돈 잘 버는 6가지 습관 중 다음과 같은 내용이 있다.

"책을 읽어 내공을 쌓아라. 주저하지 말고 실행하라"

억만장자뿐 아니라 성공하는 사람들의 공통점에 빠지지 않는 습관이 있다면 독서와 실행이다. 그들은 책을 읽고 거기서 그치는 것이 아니라 항상 발 빠르게 움직였다. 이 부분을 간과해선 안 된다.

그런데 여기서 한 가지 당부하고 싶은 말이 있다. 실행을 통해 경험하게 될 실패를 두려워하지 않았으면 한다.

책을 읽고 실행하면서 성공적인 경험을 할 때도 있지만 그렇지 못할 때가 많을 수도 있다. 물론 실패를 하면 후회와 죄책감, 패배감에 사로잡히기도 한다. 그러나 그 안에는 분명 깨달음과 교훈이 있다. 실패는 나를 한 단계 성숙하게 하는 결과를 낳는다.

내 경우엔 친구 권유로 배우게 된 3D 프린팅이 그러했다. 3D프린터는 4차 산업혁명과 맞물려 미래 산업에서 각광받는 아이템이 아니던가? 내가 작업한 물건이 입체적으로 나오는 모습이 신기해서 학생들을 가르치면 좋겠다는 생각에 열심히 배워 자격증을 취득했다.

그러나 그 이후 이상하게 의욕이 생기지 않았다.

가르치는 사람이 즐거운 마음으로 가르쳐야 배우는 학생들의 흥미를 이끌 수 있는데, 의욕이 생기지 않으니 더 이상의 발전이 없었다.

그때 깨달았다. '아~ 나에게 맞지 않는 분야도 있구나.'

경솔하게도 이전까지의 나는 분야에 상관없이 무조건 열심히 배우기만 하면 다 잘 할 수 있으리라 생각했었다. 한데 그 분야는 내 적성이 전혀 아니었던 것이다.

하지만 시간과 돈을 들여 3D 프린팅을 배운 것에 대한 후회는 없다.

가보지 못한 길에 대한 후회가 한 번 경험해서 실패한 것에 대한 후회보다 크다는 것을 누구보다 잘 알기 때문이다. 또한 내 적성 분야를 알 수 있는 소중한 경험이기도 했다.

사람에겐 여러 번 기회가 찾아온다고 하지만 기회는 언제나 있다고 본다.

독서를 통해 그 기회를 알아볼 수 있는 통찰력을 기르고, 준비된 마음가짐으로 독서에서 배운 점을 하나씩 실천해 나가면 기회는 어느 순간 우리 손에 있을 것이다.

독서는 많은 기회를 가져다줄 또 다른 기회의 관문이다.

삶의 우선순위가 독서가 되도록 책과 가까이하는 생활을 하자. 나아가 읽기만 하는 독서를 지나 행동하는 독서, 실천하는 독서를 해보자.

"아무것도 하지 않으면 아무 일도 일어나지 않는다." 이 말을 명심하길 바란다.

03

구체적인 목표가
습관이 된다

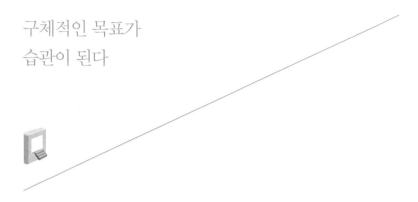

　　　　　　　新해가 되면 어김없이 외국어학원이나 스포츠
센터에는 신규 회원이 평소보다 많아진다.

　외국어와 운동은 새해계획에 빠지지 않고 들어가는 목표 중의 하
나이면서도 오래 지속하지 못하는 계획이기도 하다. 해서 초반에 활
활 타오르던 의욕은 시간이 갈수록 점점 사라지고 끈기 있게 지속해
가는 사람은 절반도 되지 않는다.

　운동과 외국어뿐만이 아니라 다이어트, 공부, 자기계발 등 삶의 모
든 분야에서 작심삼일로 끝나는 경우가 많다.

　나 역시 마찬가지로 새해계획을 거창하게 해놓고선 지키지 못하
는 경우가 허다했다.

　특히 책과는 거리가 멀었던 시절의 나는 지금보다 훨씬 끈기가 없

는 편이었다.

또 워낙 계획 세우는 것을 좋아하는 편이라 매월 1일이 되면 각종 목표로 빼곡히 다이어리 한쪽 면을 채운다. 하지만 삼 일도 채 넘기지 못하고 실패할 때가 많았다.

매일 영어 단어 50개 외우기, 새벽 4시 반에 일어나기, 하루에 책 한 권씩 읽기 등 평소 생활습관은 고려하지 않은 채 지나치게 무리한 계획을 세웠기 때문이다.

영어 단어는 하루에 아무리 많이 외워도 10단어이고, 아침잠은 많은 편인 데다 책은 소설 빼고 하루 한 권 읽기가 무리라는 것을 알고 있다. 그런데도 목표는 높게 잡는 것이 좋다고 생각해서 좌절감을 느끼면서도 항상 지키기 어려운 이상적인 목표만 세웠다.

그러다 보니 똑같은 실패를 계속 경험하게 되는 악순환이 반복되었던 것이다.

어느 순간 다시 새로운 달이 시작되자 또 지키지도 못할 거창한 목표를 쓰고 있는 나 자신을 발견했다. 더 이상 같은 실수를 반복하고 싶지 않았다. 그러기 위해 우선 잘못된 목표부터 수정해야 했다.

"당신이 세운 어떤 목표를 달성하는 데 실패했다면 그것은 당신의 의지나 노력, 열정이 부족했기 때문이 아니다. 그것은 목표를 달성하고자 하는 당신의 방식이 틀렸기 때문이다."

-〈아주 작은 목표의 힘〉, 고다마 미쓰오

구체적인 목표와 습관에 관한 알맞은 책이 있다.

〈습관공부 5분만〉이라는 제목의 이 책은 목표설정에 대한 생각을 바꿔주기에 충분하다.

우리나라 최고 대학인 서울대학교 학생들이 공부가 아닌 삶에서 자주 목표에 실패하는 좌절감을 겪자 이를 극복하기 위한 방법을 모색했다. 그렇게 해서 5분 동안 할 수 있는 목표를 세워 매일 실천하는 '습관 디자인 프로젝트'를 만들었는데 책의 내용은 이에 대한 기록이다. 2013년에 시작한 이 습관모임은 현재 서울대에서 가장 큰 습관모임으로 성장했다고 한다.

책에 등장하는 학생들의 목표를 살펴보면 기대했던 것과 달라서 아주 보잘것없어 보일 수도 있다. 하루에 책 한 쪽 읽기, 영어 단어 2개 외우기, 윗몸 일으키기 20번 하기, 하루 물 1리터 마시기 등 5분 이내에 소화할 수 있는 목표들로 구성되어 있다.

아주 적은 시간을 들여 목표 행동을 매일 실천함으로써 평생습관으로 만드는 것이 이 프로젝트의 궁극적인 목표라 할 수 있겠다. 결과는 성공적이었다.

게다가 5분 투자로 목표를 성공적으로 습관으로 만든 자신감은 또 다른 목표를 실행할 수 있는 밑거름이 되었다. 그래서 이들은 목표를 하나씩 추가해서 실천 중이다.

목표설정에서 가장 중요한 것은 실천 가능한 목표를 정해 작은 성취감을 자주 맛보는 것이 중요함을 알려준다. 작은 성취감들이 모이면 습관으로 정착되기가 쉬워진다.

예를 들어 영어 단어 3개를 외우는 것은 크게 부담되지 않는다. 그렇게 매일 지속적으로 외우면 한 달이면 90개, 1년이면 1095개를 외우게 된다. 금방 포기해버리고 1년을 어영부영 지내는 것보다 아주 작은 목표를 매일 실천하는 것이 1년 뒤에 결과적으로 큰 차이를 가져온다는 사실을 깨달아야 한다.

독서도 마찬가지다.

우선 하루에 가볍게 읽을 수 있는 분량을 목표로 정하는 것이 중요하다.

스마트폰과 컴퓨터에 익숙한 우리는 SNS를 포함한 소셜미디어의 영향으로 긴 글을 접할 기회가 별로 없다. 요약한 글들에 익숙해져 있어서 예전보다 긴 글을 소화하는 능력이 떨어져 있는 상태다. 그러므로 긴 호흡의 책을 읽기 위해서는 연습이 필요하다.

이와 더불어 현재 나의 독서습관과 책 읽는 속도를 파악해 보아야 한다.

어떤 목표든 자신이 지킬 수 있는 범위 내에서 목표를 정해야 작심

삼일을 넘길 수 있는 법이다.

특히 목표를 정할 때는 다른 사람과 비교하지 않도록 주의한다.

독서력이 좋지 않은 상태에서 다른 사람이 하루 한 권 읽는다고 무조건 쫓아서 하게 되면 금방 포기할 확률이 높다. 목표의 주체는 다른 사람이 아닌 바로 나임을 기억하자.

하루에 한 번도 책을 펼치지 않는 날이 더 많은 사람이라면 처음부터 책 한 권 읽기가 아니라 매일 책을 펼치는 것을 목표로 하는 것이 좋다.

그리고 목표는 아주 구체적이어야 한다. 오늘 할 일에 단순히 '책 읽기'로 해서는 습관으로 만들 수 없다.

'매일 책 펼치기 – 책 한 쪽 읽기 – 책 두 쪽 읽기 – 책 5쪽 읽기 – 책 10쪽 읽기'

와 같이 매일 펼치는 것에 익숙해지면 다음 단계로 하루 한 쪽 읽기를 습관이 될 때까지 실천하는 것이다.

이처럼 단계적으로 구체적인 목표를 세워야 평생 독서습관이 가능하다.

처음에는 책의 진도가 느려 답답함을 느낄 수도 있지만 장기적으로 볼 때 결코 느린 속도가 아니다.

독서를 목표로 할 때 핵심은 속도가 아니라 꾸준함이다. 포기하지 않고 끝까지 달리는 마라톤과 같다.

〈아주 작은 목표의 힘〉의 저자인 고다마 미쓰오는 어떤 목표를 달성하는 유일한 길은 작은 일의 반복이라고 강조했다.

결국 독서력만 믿고 '하루에 한 권 읽기'를 매번 계획에 포함 시켰던 나는 욕심을 버리기로 했다.

그보다 작은 목표인 매일 30분씩 책 읽기로 수정했다. 구체적으로 작은 목표부터 시작하니 부담 갖지 않고 편하게 독서를 할 수 있게 되었다.

그렇게 독서가 매일 습관으로 정착되자 '매주 도서관 가기'라는 새로운 목표를 세웠다.

독서습관으로 책 읽기에 재미가 붙으니 두 번째 목표는 오랜 기간이 지나지 않았는데도 쉽게 달성했다. 매주 도서관 가는 것이 습관이 되었을 때는 '1년에 백 권 읽기'라는 원대한 목표를 세웠는데 지난 습관들로 인해 쉽게 목표에 도달할 수 있었다.

이렇게 구체적인 목표로 이루어진 작은 성공은 무슨 일이든지 꾸준히 할 수 있는 힘을 만들어 준다. 작은 성공으로 맛보게 되는 성취감과 자신감이 실패에 대한 두려움을 없애고 행동을 지속하도록 도와주기 때문이다.

"성공은 단 한 번의 큰 인생 변화가 아니라 습관의 결과물이다."

-〈아주 작은 습관의 힘〉, 제임스 클리어

목표는 무조건 높고 크게 잡아야 한다는 말을 많이 들어봤을 것이다. 특히 자기계발서에 이런 내용이 자주 담겨있다. 그래서 대부분 원하는 목표를 최대한 크게 정한다. 하지만 결과적으로 보았을 때 실패하는 경우가 많았다.

여기서 우리는 목표에 실패하는 이유에 대해 한 번쯤 생각해 보아야 한다.

큰 목표를 이루기 위해서는 거기까지 다다르기 위한 작은 목표들이 있다. 그리고 이 작은 목표를 달성하기 위해 또 다른 구체적인 목표가 있다.

가장 하위에 있는 세부적인 목표를 먼저 달성해야지만 자신이 정한 큰 목표에 다다르기 쉽다. 이를 위해서는 정말 끊임없이 단계적으로 차근차근 노력해야 한다. 이러한 노력 없이 목표만 크게 잡아서는 절대로 성공할 수 없다.

큰 목표와 구체적인 목표를 정했다면 이를 위해 습관으로 만들 수 있는 행동을 찾아 꾸준히 실천해보자.

독서를 습관으로 만든 당신은 남보다 성공의 문턱에 한 발 더 앞장서 있는 것이다.

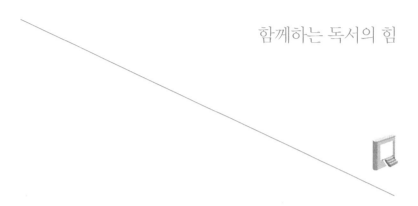

04

함께하는 독서의 힘

때로는 책을 읽는데 진도가 잘 안 나갈 때가 있다.

특히 책의 권수에 집착해서 사색의 시간 없이 무작정 읽기만 할 때 과부하가 걸린다.

얼른 한 권을 빨리 읽으려고만 하다 보니 내용이 상대적으로 길지 않고 가독성이 좋은 책만 찾게 된다. 생각을 곱씹으며 단어 하나하나 꾹꾹 눌러 읽어야 이해되는 책들을 점점 멀리하는 것이다. 깊게 생각하고 싶지 않은 게다.

그런데 이렇게 책을 읽는 상황이 반복되면 오히려 슬럼프에 빠지게 된다. 몇 주, 길게는 한 달 이상 책에서 멀어지는 역효과가 난다.

매번 비슷한 종류의 책만 읽고 복잡하고 어려운 책은 피하면서 깊게 생각하려 들지 않는다면 더 이상의 발전은 없다. 생각이 확장될 기회를 놓쳐버리는 것이다.

얼마 전 하나의 책을 선정하여 책의 내용을 알기 쉽게 설명해주며 전문분야와 비전문분야의 패널들이 책과 관련된 다양한 정보와 생각을 공유하는 TV 프로그램이 인기를 끌었다.

이 프로그램은 책을 가까이하지 않는 시청자들까지도 호기심을 갖고 이 책을 당장이라도 읽어보고 싶게 만드는 매력이 있었다. 무엇보다 두껍고 어렵다고 느껴지던 책의 내용을 최대한 알기 쉽고 재미있게 설명해주어서 읽어보지 않은 사람들에겐 읽고 싶다는 강한 흥미를 유발했다. 물론 책을 읽어보았던 이라도 '아~. 이 부분에 그런 의미가 있었구나.' 하며 다시 책을 읽게끔 해주었으니 정말 유익한 프로그램이 아닐 수 없다. 실제로 이 프로그램에서 소개되었던 책들은 대부분 베스트셀러가 된 걸 보면 프로그램의 인기가 어느 정도였는지 쉽게 짐작할 수 있다.

그리고 이는 독서량이 부족한 우리나라 사람들이 평소 독서에 대한 갈망이 얼마나 큰지를 알려주는 것이기도 하다.

이처럼 TV 프로그램 또는 유튜브나 인터넷에는 많은 독서가들이 책의 줄거리나 느낀 점을 유려한 말솜씨로 핵심을 콕콕 집어내며 흥미롭고 재미있게 소개한다. 만일 읽고 싶은 책이 궁금하거나 어떤 책을 읽을지 감이 서지 않을 때 책에 관련된 동영상이나 후기를 찾아서 보는 것도 도움이 된다.

　그럼에도 불구하고 혼자서 두껍고 잘 접하지 않던 분야의 책을 끝까지 읽는 것이 쉬운 일은 아니다.

　이럴 때는 여럿이 함께 독서 하는 것을 추천한다. 즉 독서모임에 참여해 보는 것이다.

　온라인이든 오프라인이든 상관없다. 자신이 끝까지 참여할 자신이 있는 쪽을 선택하면 된다.

　독서모임의 가장 큰 장점은 함께 어우러짐이다. 여기에는 다양한 부류의 사람들이 모인다. 나이와 성별, 사회적 지위를 떠나 독서에 대한 열정으로 마음껏 이야기 나눌 수 있는 공간이다.

　책이라는 매개물을 통해 한마음이 되어 토론하고 이야기 나누고 개개인의 경험과 지식, 그리고 정보를 공유하는 이 시간은 절대 돈을 주고도 살 수 없는 소중한 나만의 지적 재산이 되는 것이다.

　유대인 속담 중에 이런 속담이 있다.

　"혼자서 생각하는 것보다 둘이서 생각하면 3가지의 의견이 나온다."

　다른 이들의 생각과 내 생각이 언어로 표출되면 그 생각들이 서로 융합되어 또 다른 생각을 낳게 한다. 창의적인 아이디어가 끊임없이 나오게 된다.

그리고 여러 의견이 교환되는 과정에서 중요한 것을 한 가지 배울 수 있다. 바로 다름을 인정하는 법이다.

우리는 토론에 익숙한 문화가 아니어서 자기 생각을 이야기할 때 상대방이 반박하는 경우 기분 나빠하거나 무조건 내 생각이 맞음을 적절한 근거 없이 내세우는 경우가 종종 있다.

지적인 성장을 원한다면 내 의견은 맞고 상대방의 의견은 틀리다가 아닌, 이 부분에서는 이렇게 생각할 수도 있겠구나 하고 타인의 의견을 존중하고 서로의 다름을 이해해야 한다. 책 한 권으로 직업부터 연령까지 서로 다른 사람들이 만나 함께 하는 대화야말로 다름을 인정하는 법을 배우기 가장 적절한 수단이 아닐 수 없다.

그리고 독서모임은 끝까지 할 수 있는 책임감과 인내심을 길러준다.

혼자서 도저히 읽을 수 없는 책들도 독서모임에서 가능한 이유는 타인과의 약속을 지켜야 한다는 책임감 때문이다. 정해진 분량을 읽어야 대화에 참여하고 책을 읽은 다른 사람에게 피해가 돼서는 안 된다는 배려의 마음이 작용하는 것이다.

그리고 독서의 과정에서 생기는 고충을 다른 이들과 함께 나누다 보면 그들도 같은 고충을 겪고 있음에 위로가 되고, 서로에게 용기를 북돋아 줌으로써 끝까지 포기하지 않는 인내심을 발휘하게 된다.

물론 끝까지 다 읽지 못한다고 모임에 참여 못 하는 건 전혀 아니니 소극적인 마음을 갖지 않았으면 한다.

다만 무슨 이유로 끝까지 읽지 못했는지 점검해 볼 필요는 있다. 책의 내용이 어렵거나 흥미를 전혀 끌지 못해서라면 읽지 못한 것에 대해 그리 낙담하지 않아도 된다. 다음 책을 준비해서 열심히 읽으면 그만이다. 하지만 본인의 게으름으로 못 읽은 거라면 다음엔 같은 실수를 반복하지 않기 위해 노력해야 한다. 그래야 독서모임의 효과를 제대로 경험할 수 있다.

전국적으로 독서모임의 수는 수천 개가 된다고 한다. 아울러 독서모임을 직접 만들어 운영하거나 참여하는 사람들이 꾸준히 증가하고 있다는 소식은 성인독서량이 현저히 낮은 우리나라로서는 희소식이나 다름없다.

또한 늘어나는 독서모임의 수만큼 그 유형도 점점 다양화되고 있다.

직장인을 위한 새벽 독서모임이나 주말 모임, 직장 내 독서모임, 주부들을 위한 엄마 독서모임 등이 있다. 책의 분야에 따라 독서모임이 이뤄지기도 하는데 인문학, 문학, 자기계발, 그림책 독서모임이 그 예다. 요즘에는 동네 책방에서도 독서모임을 정기적으로 여는 곳도 많이 있다. 이 밖에 도서관마다 독서모임이 진행되고 있는 곳도 많으므로 내가 사는 곳과 가까운 주변 지역에 책방이나 도서관에 문의를 해보기 바란다.

만약 직장이나 육아로 인해 오프라인 활동이 어려운 이들이라면 온라인 독서모임에 도전해 보면 좋겠다. 관심을 두고 자신에게 맞는 모임을 찾았다면 주저하지 말고 참여해 보는 것도 좋은 경험일 것이다.

그러나 참여했던 독서모임이 기대와 다르거나 마음에 맞는 곳을 찾기 어렵다면 본인이 직접 독서모임을 운영해 보는 것도 방법이다. 먼저 모임의 목적과 방향을 정한 다음 가까운 지인들로 구성해 본다. 그들에게 구체적으로 조언을 구하면서 운영을 몇 달간 지속해 나가면 리더가 지녀야 할 자세와 모임을 운영하는 노하우를 터득할 수 있다. 그 뒤 원하는 방향으로 인원을 모집하여 또 다른 독서모임을 시작하면 전보다 훨씬 안정적이고 편안하게 이끌어 갈 수 있을 것이다.

어느 모임이든 장점이 있으면 단점도 있는 법이다.

모임의 목적을 분명히 하지 않으면 독서모임이 아닌 서로의 안부를 전하는 친목 모임으로 변질되는 경우도 있고, 격한 토론으로 마음이 상해 모임 자체가 와해 되는 경우도 종종 있다.

그러나 이것도 우리나라에 독서모임 문화가 올바로 자리 잡기 위한 하나의 과정이라고 본다. 많은 시행착오를 겪으면서 부족한 부분을 보완해 나가면 제대로 된 독서모임으로 건강하게 성장할 수 있을 것이다.

독서를 꾸준히 하는 사람들은 책에 대한 욕심도 많고 더 알고자 하는 배움에 대한 갈증이 크다. 기본적으로 책을 사랑하는 마음이 바탕에 있기에 그러하다.

그런 의미에서 독서모임은 그 갈증을 해소해주기도 하고 내가 접하지 않던 다양한 분야의 책을 볼 수 있어서 배움의 폭을 넓혀주는 장이 되기도 한다.

책도 읽고 그 책으로 많은 사람을 직접 만나고 소통하는 소중한 기회는 이전보다 삶을 풍성하게 해 줄 것이다.

개인적으로 우리나라의 모든 부모들이 자신에게 맞는 독서모임을 하나씩 참여하는 날이 오기를 조심스레 꿈꿔본다.

05

전자책, 오디오북을
활용하라

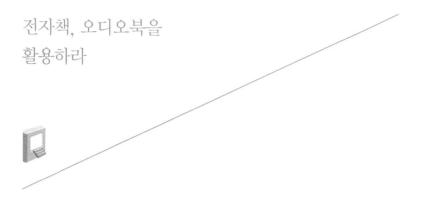

누군가가 말했다. 종이책은 아날로그 감성이 있다고. 아날로그라는 단어는 불편함이 주는 따스한 감성을 풍긴다.

아날로그 시대에 자라온 사람으로서 그 시절을 생각하면 왠지 따뜻하고 포근한 감정이 떠오른다. 종이책도 이런 비슷한 느낌이다.

그래서 종이책과 관련된 모든 추억과 그 느낌을 좋아한다. 책을 구입하고서 처음 만지는 책표지와 종이의 질감을 좋아하고, 조용한 시간에 커피 한 모금 마시며 책을 넘길 때의 그 손맛과 사그락 하며 책장 넘기는 소리를 사랑한다.

특히 자주 봐서 오래된, 손때 묻은 책은 더욱 정감이 간다.

그렇지만 이건 어디까지나 개인적인 취향이고, 종이책은 그 양이 많아질수록 무게와 부피가 많이 늘어나기 때문에 외부에서 책을 읽거나 여행을 갈 때 종종 불편할 때가 있다.

더군다나 노안이나 시력이 안 좋은 경우 작은 글씨를 보는데 피로함을 많이 느끼고, 밤에는 조명이 없으면 읽기 힘들다는 점 때문에 종이책을 읽는 데 어려움을 느끼는 이들도 있다.

이런 종이책의 단점을 보완해서 나온 새로운 독서 콘텐츠가 전자책과 오디오북이다.

전자책(E-Book)은 온라인으로 구입을 하면 가상 서재에 책이 입고되어 PC나 태블릿, 스마트폰, 전용 리더기 등을 통해 종이책처럼 언제든지 볼 수 있다. 책의 가격은 일반 종이책보다 저렴하다. 공공도서관에 연계되어있는 전자도서관을 이용하면 무료로 대여해서 읽을 수도 있다.

요즘에는 월정액제로 많은 양의 전자책을 무제한 읽기가 가능하게 한 유료 전자책구독서비스가 인기를 끌고 있다.

오디오북은 책을 그대로 읽어 주는, 귀로 듣는 책이라고 할 수 있겠다.

2000년대 이후 꾸준히 성장하여 지금은 다양한 장르의 콘텐츠가 준비되어 있다. 전문 성우나 저자가 직접 읽어 주기 때문에 집중도는 높은 편이다. 특히 소설은 마치 한 편의 긴 드라마를 본 느낌처럼 실감 난다. 최근에는 배우들이 낭독하는 오디오북도 많아져 골라 듣는 재미도 있다. 스마트폰 하나만 있으면 시간과 장소에 상관없이 책 한 권을 읽을 수 있다는 점에서 전자책과 비슷하다.

많은 이들이 전자책과 오디오북이야말로 하루하루가 바쁘고 시간이 없는 현대인들에게 제격이라고들 한다. 그렇게 전자책 서비스에 관심이 몰려있을 때도 여전히 나는 종이책이 좋다며 내 생애 전자책을 사용할 일은 없을 거라 자신했다.

그런데 우연히 전자책의 진가를 알게 된 계기가 생겼다.

남편과 여행을 가서 느긋하게 각자 읽고 싶은 책을 읽자고 해놓고선 정작 여행을 떠났을 때 책을 집에 두고 온 것이다. 바다를 바라보며 해변에서 느긋하게 책을 읽는 모습을 상상했었는데 그 기대가 사라진 것이다. 아쉬운 마음에 차선책으로 생각한 것이 전자책이었다.

먼저 스마트폰으로 전자도서관에 접속한 뒤 한 권을 다운받아 읽어보았다.

직접 사용해보니 이전에는 몰랐던 전자책의 장점들이 보이기 시작했다.

가장 큰 장점은 편리함이다. 단말기 하나면 원하는 수만큼의 책을 언제, 어디서나 읽을 수 있다. 책을 펴기 힘든 복잡한 버스나 지하철에서도 스마트폰이나 리더기만 있으면 된다.

특히 멀리 여행 갈 때 유용하게 사용할 수 있다. 많은 책을 들고 다니지 않아도 얼마든지 읽을 수 있으니 말이다.

그리고 다독가이면서 책의 소장에 중점을 두지 않고 미니멀한 공간을 원하는 이에겐 부피를 차지하지 않으니 제격이다.

시력이 좋지 않거나 노안으로 종이책을 읽는 데 어려움이 있는 독자들은 글자 크기를 조절할 수 있어서 활용도가 높다. 게다가 전용 리더기를 사용하면 눈의 피로를 최소화시켜주고, 문자음성변환시스템(TTS: Text To Speech) 기능이 있어 오디오북의 기능까지 가능하다.

오디오북도 마찬가지다.

전자책이나 종이책과 달리 오디오북은 동시에 두 가지 작업이 가능하다는 것이 가장 큰 매력이다.

예를 들면 출퇴근 시 걷거나 운전하면서 또는 집안일을 하면서도 오디오북을 들을 수 있기 때문에 시간을 효율적으로 활용할 수 있다는 장점이 있다.

오디오북이라곤 영어 회화책에만 있는 줄 알았는데 아이들이 초등학교에 입학할 무렵 전자도서관에 동화부터 소설, 인문학까지 장르별로 다양한 오디오북이 있음을 알게 되었다. 그렇게 오디오북은 한동안 우리 집의 잠자리를 책임져 주었다.

그 뒤 다시 접하게 된 건 몇 년 전 남편의 일을 도울 때였다. 일을 하는 동안 라디오나 음악을 들었는데 어느 순간 그 긴 시간을 유용하게 이용하면 좋겠다는 생각이 들었다.

그때부터 매일 오디오북과 일상을 함께 했다.

아주 두꺼운 책을 제외하곤 보통은 책 한 권을 귀로 듣는데 두 시간 남짓 걸렸다. 매일 하루에 한 권씩 들었더니 몇 개월 뒤엔 제법 많은 책을 읽은 효과를 보았다.

무엇보다 무의미하게 보낼 시간에 책 한 권을 읽었다고 생각하니 효율적으로 시간을 활용한 것 같아 성취감이 높았다.

그리고 재미있는 오디오북을 다 듣고 나면 종이책으로 한 번 더 읽게 하는 효과가 있었다.

들은 내용을 기억한 상태로 책을 읽으니 디테일한 부분까지 신경 써서 보게 되고 더 오래도록 기억에 남았다.

지인 중에는 독서에 자신 없었는데 오디오북을 접하고 마치 옆에서 누군가 해주는 재미있는 이야기를 해주는 것 같아 이것에 재미를 느껴 책을 찾게 되었다는 사람도 있었다.

이를 보면 오디오북은 한 사람을 독서의 길로 안내하는 오작교 역할을 톡톡히 해낸 셈이다.

물론 전자책과 오디오북 두 가지 방법이 완벽하다고 할 수는 없다.

전자책의 경우 아직까지 발간된 전자책이 많지 않아 원하는 책을 찾으면 없을 때가 상당수 있다. 시중에 절판된 책은 아예 전자책으로 나오지 않는 실정이다. 간혹 인터넷 연결이 안 되는 곳에서는 읽지 못할 때도 있다.

오디오북도 최근 들어서 완독으로 읽어 주는 책들이 등장했으나 이전까지는 대부분 책의 내용을 편집하거나 요약해서 녹음하는 경우가 많아 완독이라 볼 수 없다는 사람들도 적지 않았다.

하지만 이런 부족한 부분은 기술적으로 계속 보완되고 있기 때문에 발전할 가능성은 충분하다. 최근에는 책을 발간할 때 종이책과 동시에 발간되는 책들도 많다. 때문에 전자책과 오디오북의 수요는 꾸준히 늘어날 것으로 생각된다. 그리고 각각의 장점들을 보자면 분명 매력적인 독서방법임에 틀림없다.

정말 자신에게 시간이 없거나 바빠서 책을 읽을 수 없다고 생각한다면, 처음부터 책을 읽는 데 부담이 느껴진다면 전자책과 오디오북을 활용해보자.

새로운 형태의 이 독서는 당신의 시간을 단축해 주고 스마트폰을 보다 지적인 용도로 사용하게 해 줄 것이다.

독서는 지루하지 않은 즐거운 행동이자 습관이다.

자신의 라이프스타일과 기호에 맞춰 전자책과 오디오북을 적재적소에 잘 활용한다면 종이책과 더불어 독서의 양은 더욱 풍성해지고 지식과 지혜는 날로 성장하게 될 것이다.

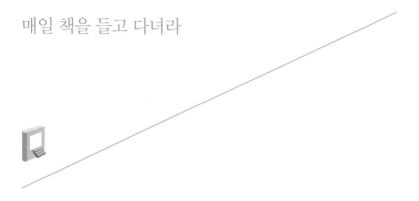

06

매일 책을 들고 다녀라

수불석권(手不釋券)

손에서 책을 놓지 않는다는 뜻의 고사성어로 이는 〈삼국지〉의 여
몽전에 실린 오나라의 장수 '여몽'에 관한 이야기에서 유래되었다.

여몽은 집안이 가난하여 공부할 형편이 아니었지만, 무공으로 전
쟁에서 큰 공을 세워 장군이 되었다. 오나라의 군주 손권은 그에게
학식이 부족하니 공부할 것을 권하자 여몽이 전쟁 중 일이 많아 독
서 할 겨를이 없다고 답했다. 이에 손권이 말하길 "바쁘다고 한들 어
디 나만큼이야 바쁘겠소. 후한의 황제 광무제는 변방에서 일이 바쁠
때도 손에서 책을 놓은 적이 없었고, 위나라의 조조는 늙어서도 배
우기를 좋아했다고 했소."

이후 여몽은 손권의 충고대로 전장에서도 학문에 정진하여 박식

함까지 갖춘 인물이 되었다고 한다.

아직 독서가 습관이 되지 않았다면 먼저 책과 친해지는 시간이 필요하다.

최대한 많은 글을 접해야 긴 글을 소화하게 되고 시간과 장소에 상관없이 읽는 것에 대한 부담이 없어진다. 되도록 책들을 눈에 띄는 곳에 두어 쉽게 손이 가도록 해야 한다.

아무리 좋은 것도 눈에서 멀어지면 마음에서 멀어지는 것과 같은 이치다. 자신이 자주 머무는 공간에 책들을 비치해 두고 외출할 때는 한 두 권의 책을 가방 안에 넣고 다닌다.

이는 긴 시간을 할애하지 않기 때문에 정해진 시간에 책을 읽을 때와 다르게 독서량은 적은 편이다.

때론 가방에 들어있는 책을 단 몇 줄만 읽을 때도 있지만 이러한 행동들이 반복되면 습관이 되며 그 습관은 평생 독서의 초석이 된다.

책으로 삶의 근본적인 변화를 이루기를 원하면 책의 무게쯤은 아무것도 아니다.

그리고 그때 읽은 단 몇 줄의 글이 인생을 변화시키는 중요한 열쇠가 되기도 한다.

나는 한 번에 여러 권의 책을 읽는 것을 좋아한다.

정해진 시간에 독서 하는 습관이 자리 잡았을 무렵 지금보다 훨씬 더 많은 책을 읽어보고 싶은 욕심이 급격하게 생기기 시작했다. 그래서 읽고 싶은 책을 무조건 도서관에서 잔뜩 빌려왔다. 도서관 책은 반납기한이 정해져 있기 때문에 무조건 그 기간 내에 다 읽어야 한다는 무언의 압박이 생긴다. 그때부턴 누가 누가 빨리 읽나 내기라도 하듯이 무조건 읽기만 하게 된다. 당연히 많이 읽기는 했어도 무슨 내용인지도 모르고, 알고 있는 내용마저도 헷갈리는 실수가 반복되었다.

미처 다 읽지 못한 경우엔 왠지 하루 시간을 제대로 활용하지 못한 것 같아 스스로 자책하기까지 했다. 이런 상황이 몇 달간 지속 되면서 읽는 것에 대한 강박관념이 생겨났다.

그러자 책 읽는 것이 서서히 재미없어졌다.

생각하지 않는 독서는 아무리 많이 해도 의미가 없다. 시간 낭비일 뿐이다.

게다가 억지로 읽히지도 않는 책을 스트레스 받으며 읽다 보면 독서가 재미없는 숙제로 되어버린다.

독서는 즐거워야 한다. 그래야 누가 시키지 않아도 매일 손에 책을 들고 다닐 수 있다.

이전까지의 나는 진정한 배움에 욕심을 부렸던 것이 아니라 단순 읽기에 욕심을 부리거나 다름없었다. 많은 시행착오 끝에 이제는 내가 충분히 소화할 수 있는 정도의 책의 양만 구입하거나 도서관에서 빌려온다.

그리고 나에게는 한 가지 원칙이 있었다. 한 번 읽기 시작한 책은 시간이 걸리더라도 처음부터 끝까지 읽기.

왜 그런지는 모르겠지만 책은 무조건 처음부터 끝까지 읽는 것이 작가에 대한 예의이자 책을 이해하는 방법이라 생각했다. 그래서 늘 완독을 고집해 왔었다.

그러나 꼭 그것만이 책을 완전히 이해하는 방법이고 옳은 방법이 아니라는 사실을 축적된 독서 경험을 통해, 또 많은 독서가들의 책을 통해 알게 되었다.

일본의 대학교수인 사이토 다카시는 "듬성듬성 읽더라도 일단 손에서 책을 놓지 않는 것이 중요하다."고 했다. 그는 한 권을 완독하려다 힘들어서 중간에 독서를 포기하는 것보다 원하는 부분을 조금씩 읽더라도 매일 독서 하는 자세가 더 중요함을 강조했다.

물론 개인적으로는 지금도 한 권을 끝까지 다 읽는 게 가장 좋은 방법이라고 생각한다. 하지만 간혹 한 템포 쉼이 필요한 책을 만날 때도 있다. 그럴 때는 분위기 전환 겸 다른 책들을 읽는다.

흥미가 가는 다른 책들을 먼저 읽다가 쉬어 읽었던 책을 다시 펼쳐 든다. 그런데도 글이 눈에 들어오지 않는다면 그 책은 과감히 접는 게 낫다. 시간이 필요한 책일 수도 있으니 읽지 못한 부분에 대한 미련은 버리고 그 시간에 다른 책을 통해 배움을 채우면 된다.

책 〈이동진 독서법〉에서 밝히는 독서의 정의는 그런 의미에서 일맥상통한 부분이 있다.

영화평론가로 잘 알려진 그는 개인적으로 책방을 운영할 정도로 책에 대한 열정이 높다. 그의 서재에는 끝까지 읽지 않은 책도 많다고 한다. 서문만 읽은 책, 구입 후 한 번도 읽지 않은 책도 있지만 그는 이 또한 독서라고 생각한단다.

"저는 책을 사는 것, 서문만 읽는 것, 부분 부분만 찾아 읽는 것, 그 모든 것이 독서라고 생각합니다."

독서에 익숙하지 않으면 책을 읽는 행동부터 어렵게 다가온다. 책을 잘 읽지 않는 지인들의 이야기를 들어보면 책을 펴기 전에 한 번 부담을 느끼고, 언제 끝까지 다 읽지? 하고 완독에 대해서 또 한 번 부담이 느껴진다고 한다.

그래서 사이토 다카시와 이동진이 말하는 독서의 의미가 현대인에게 알맞은 독서의 새로운 정의라고 생각한다. 무엇보다 쉽게 독서에 다가갈 수 있도록 도움과 용기를 주는 내용이 아닐 수 없다.

분량이 너무 많아서, 너무 어려워 보여서 감히 엄두도 못 냈던 책이 있다면 완독의 부담은 잊어버리고 편안히 독서를 시도해보자. 단한 장만 읽어도 우리는 독서의 세계에 한발 다가선 셈이다.

오랫동안 책을 거의 매일 들고 다녔더니 어느새 독서는 내 삶의 일부가 되어있었다. 이제 외출할 때 책이 없으면 뭔가 빠진 것처럼 허전할 정도다.

혹자는 본인이 정한 시간만 독서를 하면 되지 굳이 가방에까지 무겁게 들고 다닐 필요가 있냐고 반문할 수도 있겠다.

당연히 가방에만 넣어두고 읽지 않은 적도 많았다. 그러나 긴 시간을 통해 깨달은 것은 언젠가는 그 책을 읽게 된다는 사실이다. 만일 책을 가방에 넣는 행동조차 하지 않았다면 그 시간은 분명 스마트폰이 차지했을 것이다.

바쁜 현대인에게 스마트폰은 24시간을 함께하는 분신과 같다. 포노 사피엔스란 말이 괜히 나온 것이 아니다. 그나마 다행인 것은 나에게 스마트폰이 단 한 대만 있다는 사실이다.

이에 반해 책은 주변에 얼마든지 있었다.

책장에 있는 책들은 내 의지로 보지 않는 한 전시품이나 다름없다.

그래서 나는 책장에 있는 책 몇 권과 새로 구입한 책, 도서관에서 빌린 책들을 적절히 섞어 집안 곳곳에 배치해 두었다. 이렇게 책이 자주 눈에 띄도록 주변 환경을 바꾸니까 단 한 대밖에 없는 스마트폰보다 책에 더 손이 많이 갔다.

읽는 책의 순서는 따로 없다. 그 날 손이 가는 대로 읽으면 된다.

그러자 책을 읽는 그 순간만큼은 금방 집중이 되었고, 시간을 잘 활용한다는 만족감을 느낄 수 있었다.

하지만 나 역시 의지가 약한 인간인지라 이 조그만 스마트폰의 유혹을 뿌리치는 데 상당한 시간이 걸렸다. 지금도 매일 아침 스마트폰을 의미 없이 만지지 않으리라 단단히 다짐해야만 스마트폰보다 책을 집어 드는 시간이 더 많아진다.

매일 책을 들고 다니는 이 행동은 하루로 보았을 때 정말 보잘것없는 행위일 수도 있다. 하지만 그런 작은 행동이 나에게는 돈 주고도 살 수 없는 가치 있는 시간을 선물해 주었다.

거기에다가 보너스로 삶의 지혜와 지식을 덤으로 가져왔다.

책은 무겁게 갖고 다닐 가치가 충분히 있었다.

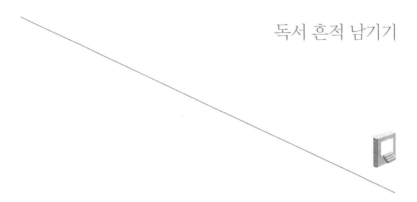

07

독서 흔적 남기기

인간은 망각의 동물이다.

아무리 재미있고 유익한 책을 읽었더라도 다시 읽지 않는 한 시간이 지나면 그대로 잊어버리기 마련이다. 개인적으로는 재미와 오락적인 측면에서 책을 읽는 경우도 있지만 무언가를 배우고 깨닫기 위해 책을 펼 때가 더 많다. 하지만 그렇게 열심히 책을 읽었는데 정작 떠오르는 게 하나도 없으면 답답하기도 하고 허무한 마음마저 든다. 그래서 시작한 것이 독서 흔적이다. 말하자면 책 읽은 티를 내는 것이다. 많은 독서가들이 독서 하는 중간이나 독서 후에 책을 오래도록 기억하는 방법으로 독서 흔적을 남기는데, 그 방법에는 여러 가지가 있다.

가장 많이 사용하는 방법으로 밑줄 치기가 있다. 독서 중 마음에 와닿는 구절을 발견하거나 자신과 저자의 생각이 일치되는 내용을 찾았을 때, 궁금한 부분이 있을 때 밑줄을 긋거나 형광펜으로 표시를 하는 것이다.

이렇게 표시를 해두면 다음에 다시 읽을 때 그 부분만 읽어도 내용이 상기되면서 책의 핵심을 확실히 이해하고 오래 기억할 수 있다. 다만 밑줄 치기만 해두었다면 내가 몇 쪽에 표시해두었는지 정확히 알 수 없기 때문에 처음부터 넘겨 가며 확인해야 한다. 불편할 수도 있겠지만 한편으로는 확인하다 보면 책 전체를 다시 한번 훑어보는 효과가 있다. 책을 두 번 읽는 거나 마찬가지다. 그럼 처음보다 문맥의 이해도가 올라가 책을 읽기가 한결 수월해진다. 게다가 처음에는 그냥 지나쳤었는데 두 번째 넘겨보았을 때 깊은 공감을 느끼는 부분도 꽤 발견하게 된다. 그래서 좋은 책은 곁에 두고 보는가 보다.

두 번째 방법은 필사다.

필사는 책 속에서 의미 있거나 중요한 문장을 그대로 베껴서 쓰는 것을 말한다.

간혹 책 전체를 필사하기도 하는데 처음부터 끝까지 책을 필사하는 게 무척 어려운 일이긴 하지만 그만큼 여러 장점이 있다.

첫 번째, 필사를 하면 저자와 동일시되는 경험을 하게 된다. 저자의 생각으로 글을 바라보게 되어 책의 핵심과 저자의 의도를 파악할 수 있게 된다.

두 번째, 필사는 글쓰기 연습에 탁월한 효과가 있다. 평상시 우리는 인터넷상에 글을 남겨도 긴 글을 쓰는 일은 드물다. 상대방에게 문자도 짧게 보내고, 편지나 일기는 더더군다나 쓰지 않는 요즘이기에 20개 이상의 문장을 한 번에 쓰는 것이 어렵게 느껴진다. 이렇게 긴 문장을 쓰는데 부담이 느껴진다면 필사부터 시작해 보는 것이 좋다. 책 한 권에는 적어도 10만 자 이상의 글자가 들어있다. 글을 필사하는 과정에서 많은 문장을 접하기 때문에 자연스럽게 긴 글을 막힘없이 소화할 수 있게 된다. 여기에 좋은 문장을 고르는 안목이 생기는 것은 덤이다.

마지막으로 긴 책을 끈기 있게 필사했다는 성취감은 이루 말할 수 없다. 이는 독서의 흥미를 높여주는 역할을 하기도 한다.

필사와 관련된 독서법 하면 가장 유명한 인물이 바로 다산 정약용이다. 그의 독서법은 크게 정독(精讀), 질서(疾書), 초서(抄書) 세 가지로 나눌 수 있다.

정독은 책의 내용을 자세히 살펴보고 깊이 생각하며 읽고, 모르는 것이 있을 때는 관련 자료를 찾아 그 근본과 원인을 밝혀내는 것을 말한다.

질서는 책을 읽다가 깨달은 것이 있으면 바로 기록하는 방법이다.

초서는 최근 사람들이 가장 많이 배우고자 하는 독서법으로 내용을 그대로 옮겨 적는다는 점에서 필사와 같은 듯이 보이지만 자신이 배우고자 하는 주제와 책을 읽는 목적을 인지한 후 목적에 부합하는 내용을 찾아 쓰고 거기에 자기 생각과 경험을 글로 표현한다는 점에서 다르다.

이는 다산 정약용이 유배지에서 아들 정학유에게 보낸 편지에 상세히 나와 있다.

"남의 저서에서 도움이 될 만한 요점을 추려내어 책을 만들 때는 우선 자기 자신의 학문에 주견이 뚜렷해야 판단 기준이 마음에 세워져 취사선택하는 일이 용이할 것이다.

무릇 책 한 권을 볼 때 오직 나의 학문에 도움이 될 만한 것이 있으면 가려 뽑고, 그렇지 않다면 하나도 눈여겨볼 필요가 없는 것이니 백 권 분량의 책일지라도 열흘 정도의 공을 들이면 되는 것이다."

−〈유배지에서 보낸 편지〉, 정약용

정약용의 자식을 아끼는 마음과 책을 진지하게 탐독하고 학문에 대한 열정이 얼마나 대단한지 알 수 있는 대목이다.

아직 독서 흔적을 어떻게 남겨야 할지 모르겠다면 필사부터 꾸준히 하는 연습을 해보자.

좋은 글을 계속 머리로 되새기면서 쓰기 때문에 필력이 늘어나고,

그러면서 자신의 생각을 나만의 스타일로 쓰게 될 것이다.

마지막으로는 책을 완전히 내 것으로 사용하는 방법이라 볼 수 있는데 중요문장에 밑줄을 긋는 것에서 나아가 직접 밑줄 친 부분에 자기 생각과 의문점 등을 쓰거나 메모지에 남겨서 그 페이지에 붙여두는 것이다.

책을 읽으면서 그때마다 떠오르는 대로 생각을 바로바로 쓰다 보니 다양한 아이디어와 생각이 책 속 내용과 접목되어 새롭게 분출될 때가 많다. 책에 대한 집중력도 높은 편이다. 이러한 방법을 사용해서 읽은 책은 나의 생각이 고스란히 담겨있는 또 다른 의미의 내 책이 되는 것이다.

인터넷이 발달한 이후로 독서 흔적을 개인 인터넷 공간에 남기는 이들도 많아졌다.

나 역시 독서 노트를 쓰면서 온라인공간에 독서 흔적을 조금씩 남기고 있다. 온라인공간에는 필사보다는 개인적인 느낌을 주로 쓰는 편이다.

독서 노트는 작년부터 초서 독서법으로 쓰려고 노력하고 있다.

독서 초보였던 시절, 그저 읽는 것이 재미있어 한참 읽기에만 몰두한 적이 있었다.

한 권을 읽고 나면 느껴지는 감동은 다 달랐는데 시간이 지나고 나서 어떤 책에서 무엇을 느꼈는지 도통 떠오르지 않았다.

비슷한 장르의 책을 읽을 때는 더했다. 책의 내용이 서로 뒤죽박죽되어 기억이 왜곡된 채로 자리한 경우도 있었다.

그냥 읽기만 하면 남는 게 없다는 걸 알고서는 독서 중에 어느 한 구절이 마음에 와닿으면 다이어리나 수첩에 바로 쓰기 시작했다. 문제는 통일성 없이 여기저기에 문구만 적어 놓으니 어느 책에서 나온 글인지도 모르겠고 다이어리나 수첩이 바뀌면 이마저도 볼 수 없었다. 게다가 어떤 책을 읽었는지 책 제목도 꾸준히 기록 해놓지 않으니 도서관에서 한 번 빌렸던 책인데 잊어버리고 같은 책을 또 빌려보는 실수도 심심찮게 반복하는 것이다.

그래서 이를 해결하기 위해 독서 노트를 한 권 만들었다.

도서관에서 책을 많이 빌려보는 나는 책에 밑줄을 긋지 않는 데 익숙해져 있다. 대신 붙였다 떼었다 할 수 있는 인덱스란 문구 용품을 사용한다. 책을 읽으면서 중요문장이나 마음에 드는 구절을 발견하면 그 페이지 줄에 인덱스를 붙여놓는다.

그런 다음 책을 다 읽은 뒤 앞에서부터 차근차근 독서 노트에 책을 읽은 날짜와 책 제목을 쓰고, 책에 표시해두었던 인상 깊은 구절이나, 중요 내용, 인용하고 싶은 좋은 말 등을 필사한다. 거기에 생각하고 느낀 것을 가감 없이 쓰기 시작하니 책을 온전히 내 것으로 만든 것 같아 그리 뿌듯할 수가 없었다.

책을 읽고 나서 독서 흔적을 남기는 행동은 핵심내용을 확인하고, 자신의 생각을 정리하는 시간을 확보해 준다. 또 책의 내용을 오랫동안 기억하는 데 도움을 준다.

같은 책을 읽어도 거기서 얻은 정보나 지식, 깨달음과 감동은 읽을 때마다 다르다.

때문에 한 번 책을 읽은 후 독서 흔적을 남겼다면 다음에 한 번 더 그 책을 읽고 난 뒤에는 전에 기록한 곳에 내용과 생각을 추가해 보자. 독서의 깊이가 더해지는 걸 느낄 것이다.

독서 흔적을 남기는 것 또한 각자의 취향이 있으므로 자신에게 맞는 방법을 찾아서 실행해 보길 바란다.

기록할 때는 힘들겠지만 이렇게 남겨진 독서 흔적은 평생 소중한 내 지적 자산이 되리라 믿어 의심치 않는다.

책을 다 읽고 나서도 내용이 도무지 기억이 안 나요.

1. 책에서 기억하고 싶은 문장을 필사해 본다.

─꾸준히 읽은 책의 문장을 필사하면 나만의 명언집과 같아 두고두고 볼 때마다 큰 힘을 얻는다. 필사하기 어려운 상황일 경우 그 페이지를 스마트폰 카메라로 찍어두는 것도 좋다. 최근에 읽은 책의 페이지 사진을 제목별로 모아두는 어플이 있는데 다른 책과 내용도 헷갈리지 않고 아주 유용하다.

2. 서평을 쓴다.

─ 서평이라고 하면 거창할 것 같지만 그렇지 않다. 가볍게 자신이 책을 읽고 느낀 바를 솔직하게 한 줄에서 세 줄 정도만 써도 된다. 자꾸 쓰다 보면 처음과 달리 내용이 풍부해짐을 느낄 것이다. 글쓰기도 결국엔 꾸준한 연습이다.

그리고 같은 책을 읽은 다른 이들의 서평을 읽어보면 내가 놓친 부분을 새롭게 알 수 있어서 내용이해에 적잖게 도움이 된다.